给人生一个
惊艳的假设

郑俊甫 ⊙著

辽宁人民出版社

图书在版编目（CIP）数据

给人生一个惊艳的假设 / 郑俊甫著 . —沈阳：辽宁人民出版社，2018.8

ISBN 978-7-205-09282-5

Ⅰ . ①给… Ⅱ . ①郑… Ⅲ . ①散文集 – 中国 – 当代 Ⅳ . ① I267

中国版本图书馆 CIP 数据核字（2018）第 081215 号

出版发行：辽宁人民出版社
　　　　地址：沈阳市和平区十一纬路 25 号　邮编：110003
　　　　电话：024-23284321（邮　购）　024-23284324（发行部）
　　　　传真：024-23284191（发行部）　024-23284304（办公室）
　　　　http://www.lnpph.com.cn

印　　刷：北京嘉业印刷厂
幅面尺寸：170 mm× 240 mm
印　　张：14
字　　数：216 千字
出版时间：2018 年 8 月第 1 版
印刷时间：2018 年 8 月第 1 次印刷
策划编辑：蔡　伟
责任编辑：赵维宁
封面设计：思源工坊
责任校对：耿　珺
书　　号：ISBN 978-7-205-09282-5

定　　价：42.00 元

自　序

换一种方式说话

我不是个喜欢说话的人，甚至可以说，我是一个有点儿木讷的人。

小时候，母亲带着我走亲访友，桌边一坐，第一句话就是点着我跟人家说："这孩子啥都好，就是不太爱说话。"我明白母亲的意思，她是怕我闭着嘴坐久了，人家会把我当成哑巴。好在那时候沾了年龄的光，不爱说话在大人眼里似乎还是一项"优点"，我就常听见那些大人用羡慕的口吻对母亲说："你家孩子多乖呀，哪像我们家那个，整天麻雀似的叽叽喳喳吵个不停。"

及至渐渐长大，毕业了，工作了，才慢慢地觉出不喜欢说话给家人和自己带来的苦恼。谈恋爱碰到的坎坷就不提了，即便是在社会上或生活中，也活得并不轻松。常常会碰到一些各种名目的聚会，陪酒陪聊自然是免不了的。陪酒尚可，只管端起来喝就是，陪聊却实在不知道该说点儿什么。不喜欢开口，只好带着耳朵在酒桌上倾听，或者干脆闷头吃菜，以掩饰自己的笨嘴拙舌。一次两次还能敷衍，时间久了，便有一些议论飘进了耳朵里，大意是说我这个人心里揣着一座冰山，有点儿冷。

可是，只有我自己知道，我心里揣的不是冰山而是火山，时时刻刻都有喷发的冲动。可又找不到喷发的出口，那种苦闷难与人言。后来在网上渐渐地认识了一些喜欢写字的朋友，慢慢地耳濡目染，于是就上"船"了。

最初在"船上"的感觉，是有几分欣喜的，那种感觉，像极了一个懵懂的少年，"出其东门，有女如云"，在如云的美女里忽然碰到了心仪的女子，该有一些故事发生吧！最初的写作与功利没有多少关系，心里先是有了诉说的欲望，然后就写了，自然、率性，不矫揉造作。反正也不是为了发表才写的，不需要迎合谁的口味。就像初恋的时候，一次牵手，一次亲吻，都不是为了要拿到那一纸婚书一样。因而，文字就写得没有多少匠气与技巧，也写得很杂，散文、随笔、生活琐事，像一笔流水账。后来，一位热心的副刊编辑来信说："要是有兴趣的话，就写点儿小小说吧。"于是，我便写了，一边写，一边看人家怎么写。很惊诧于小小说这么个小东西，能被人"玩"出那么多流派和技巧来。想跟着学。一位编辑说："干吗要学人家呀？写东西更多的时候就是在自言自语、自说自话。"

想想也是，自言自语为什么要用别人的方式呢？我这样想时，心豁然就亮了。于是乎，每到晚上，泡上一杯茶，然后坐在电脑前，轻轻地敲打键盘时，脑子里的那些人物便开始次第登场。借着他们的口，我把积压在心里的话一句一句地掏出来，给人生铺设了一个个或惊或艳或朴或拙的假设，直至酣畅淋漓、快意人生。

我这才知道，不是自己不喜欢说话，也不是自己不会说话，只是以前不曾找到这样一种合适的表达方式罢了。

有位同样喜欢写字的朋友，曾在自己的 QQ 签名里留下过这样一句话："生性木讷的人，除了写作，还能有更好的宣泄方式吗？感谢主，让我们不开口，也能够说话。"

这也正是我想说的。

目　录

可不可以不完美　　第三辑

　　中原大地，千里沃土，一寸一寸带血的江山，归于我的麾下。但我想要的不止于此，我想仿效始皇，一统天下。

我的同桌叫曾参

开学第一天，夫子问我，愿意跟谁坐在一起？我想也没想，就说曾参吧。其时，我是刚刚拜夫子为师，他的许多高徒，我都不认识，这其中也包括曾参。可我听过曾参的故事，关于那个杀人的故事，嘿嘿，你也听说过吧？

好玩儿，我当时就是这么想的。一个有故事的人，一定是好玩儿的。我跟曾参住得不远，隔着四条街的距离，每天上学，我都跑到他家的街口等他，然后跟在他后边，像个尾巴似的。三人行，必有我师，两人也一样，近朱者赤，我就不信成不了夫子的第七十三个高徒。

我们上学原本可以走仁义路，过德馨街，然后穿一条羊肠似的小巷，就是学堂了。可是，曾参第一天就给我出了一道难题，他不走小巷，非要绕道书画街。那可是要多走好几里的路呀，没有车，全靠磨鞋底，何必呢？我劝他，怎么说都不行，他铁了心。问他理由，也是死活不肯说。起初，我猜他是为了锻炼身体，毕竟天天坐在学堂，腹中诗书倒是越来越多，身子骨也跟着越来越羸弱。

日子久了，才知道自己错了。有次，曾参病着，走路歪歪斜斜，弱不禁风的样子。到了小巷，还是绕行，倔得跟牛没什么两样。我撑破脑壳也想不明白原因，索性不想了。好在曾参乐于助人，跟着他学了不少东西，多跑那么点儿路，值了。

有一天，我们正在温书，曾参忽然很哥们儿地跟我说："我要离婚了。"我吓了一跳，疑惑道："嫂夫人我见过，典型的贤妻良母，又懂得烧一手好菜笼络男人的胃，这样的女人，你们为什么呀？"

曾参抿着嘴唇，第一次呆愣得像个孩子。半晌，才幽幽地吐一句："该死的女人，居然给我娘吃不熟的饭菜。""不会吧？"瞅着曾参那样子，我就知道他没说实话。不会是……我不敢想了。每个男人都有坏毛病，这个我知道，但总不能因为有了坏毛病，就编上一个莫须有的理由去休妻吧？

但我没能劝住曾参，他还是离了。后来，我才知道，嫂夫人确实是做了一顿夹生饭。原因是她生了病，拉肚子，没办法才匆忙间起了锅，没想到就把好好的一个家弄得支离破碎。事情搞清楚了，我劝曾参复婚，把嫂夫人接过来好好过日子。记得谁说过，日子比树上的叶子还稠呢，犯什么小性子呀！

我依旧劝不动他，我急了，冲他嚷："我知道你是夫子眼里的孝子，那么多双眼睛盯着你。可是，说到底，你娘不就是个继母吗，至于你付出这么大的代价？"听了我的话，曾参忽然瞪了眼，抬手甩了我一巴掌。我没想到这家伙竟然会打人，而且还打得这么凶。

日子按部就班，一天叠着一天。回到单身生活的曾参，再也没有以前埋头用功的样子了，一放学，他就拼了命地往家奔。我知道，他是赶回去给娘做饭，还有照顾他的宝贝儿子，一个人又当爹又当儿子，不好过。

曾参的生活开始潦草起来，不修边幅，胡子拉碴。以前他不是这样的，刚认识他时，多小资的一个人哪，动不动就对着清风明月之乎者也。现在，哎，快赶上一个管家婆了。

心力交瘁的曾参很快"老"了起来，我指的是心理年龄。他大概心里早就后悔了，只是碍着一顶"孝"的帽子，活生生地把自己压成了五行山下的孙猴子。

曾参病重那天，我去看他。他蜷卧在一张席子上，手里握着《孝经》，正在训斥着他的几个弟子。我听了半天，才弄明白，他是因为自己没有做过官，觉得自己级别太低，不配享用身下那么好的席子，强烈要求换掉。

"都什么时候了，还惦记这些繁文缛节？"我嗔怪他。

见到我，曾参咧着嘴笑了笑，样子像哭。抱病以后，他就只对我这么笑过。他是怀念我跟屁虫似的黏在他身后的那三年岁月了吧？

曾参费力地招招手，示意我过去。然后把嘴凑在我耳边，口齿不清地吐着悄悄话："小师弟，我好像还有一个问题没有回答你呢，就是……我宁可绕道也不愿过的那条巷子，你知道为什么吗？"

他嘿嘿地笑，依旧像哭一样。

"因为……那条巷子名叫'胜母巷'……"说完，他的头一歪，就那么去了。好像这些日子，他病着不肯走，就是为了等着告诉我一个我早已知道的答案。

"'胜母巷'，叫什么不好，怎么就取了这么一个名字？"我叫了一声，悲从中来。

我的冤家叫子路

没有风，车队在七月的阳光里已经颠簸很长时间了，依旧没有停下来的意思。我有点儿坐不住了，挑开车帘，朝后面望了望，叹了口气，回身问闭目端坐的夫子："老师，离卫国到底还有多远呀？"夫子的眉梢挑了挑，轻声地答道："该到的时候自然就到了。"

我撇了撇嘴，这动作给一旁的子路瞅见了。子路本来是在擦拭自己的剑，剑像是他的命根子，容不得落上半点儿尘埃。"哈哈哈，走这点儿路就受不了啦？看来只能做闭门造车的书呆子。"我横了子路一眼："谁像你呀，只知道打打杀杀的，大老粗一个。"

子路原是鲁国的武士，握惯了刀剑，后来不知搭错了哪根筋，费了许多周折拜到孔子门下，学习礼仪。他每天挤在三千儒士中间，笨拙的样子经常成为大家的笑柄。

子路却不恼，他也探出车窗，望了望后面蜿蜒的车队，一脸感慨地说："现在我们出一趟门，动用这么多车马，有吃有喝，还有什么可牢骚的？想想小时候，家里穷，为了让父母吃到一点儿米，我穿着草鞋，步行一百多里路到城里去买。哎，要是父母能活到现在该多好啊！"

夫子睁开眼，看看子路，又看看我，捋着胡须说："三人行，必有我师，我们都该学学子路的孝啊。"

太阳落进山谷的时候，车队终于在一个小镇上停了下来。一行人在客栈里安顿了下来，洗漱好了以后，大家便都挤到我的房间，之乎者也地聊些琐碎的事。

琴声就是这时响起来的，声音很大，有点儿大珠小珠落玉盘的气势。一屋子的人倏忽静下来，面面相觑。

"谁这么不懂礼呀？好不容易休息一下，还在那儿捣乱。"有人不满意了。

"除了那个大老粗子路，还能有谁？"我还在对路上输给子路的事耿耿于怀。

大家蜂拥着走出来，看到弹琴的人果然是子路。一把陋琴，席地而坐，悠然自得，却仿佛已经置身于金戈铁马的战场。

我哼了一声："喂，还以为从哪儿飞来一只昏鸦在聒噪呢，原来是老兄你在抚琴呀。"一群人哄笑起来。

琴声戛然而止。子路也斜了我一眼，忽然抽出佩剑，笑道："我倒是想舞剑，可惜找不到能够对舞的人哪。要不，你来？"

"粗野，真是粗野，不知老师当初为什么会收下你。"我在剑气寒光里趔趄了一下，然后跑到夫子房间，"老师，您看看，子路琴弹得不好，我们只是提了点儿意见，他竟然拔出剑来，这还是知礼的人吗？"

夫子放下手里的竹简，摇摇头说："我们周游列国，在兵荒马乱的路上跑了十四年，没有子路这样勇武的人护佑，只怕早就喂狼了。你怎么能说子路是不知礼的人呢？"

我支吾了一阵，无话可说了。

三日后，车队赶到了卫国的地界，刚一落脚，就传来一个惊人的消息，卫国发生了内乱，外姓篡权，搅得国将不国。我们都劝夫子："老师，还是快离开吧，不然就白白成了政治斗争的牺牲品了。"

夫子迟疑了一会儿，回头问子路："既然我们都是读书人，也平息不了什么战乱，撤吧？"

子路摇头："老师，您忘了，我可是卫国的臣子呀。您经常教导我们，于家要孝，于国要忠。现在国家有难，我怎么能只顾个人安危呢？"

　　子路没听老师的劝，只身仗剑杀进了都城。叛贼被子路的气势吓住了，忙招呼一群武士，把子路团团围住。子路冷笑着："都上来吧，想当年，老子可是赤手搏过虎的，还怕你们这些蟊贼？"

　　子路愈战愈勇，一连砍倒多名武士，要不是一名武士从他背后进行偷袭，子路说不定还能再杀几个。偷袭的武士一剑刺中了子路的帽子，缨带断了，帽子歪了，子路不干了，他把剑一丢，高声喊道："等等，你们先等等！我老师说过'君子死而冠不免'，你们先让我把帽子戴好了再打。"说罢，便坐在地上专心整理起帽子来。

　　子路的帽子正了，缨带也系好了，但是围攻的武士却没等他再站起来，而是一拥而上，挥起了刀剑，可怜的子路瞬间便被剁成了肉酱。

　　消息传到夫子那里时，夫子正坐在案前吃饭，案上摆着一罐香喷喷的肉酱，刚买的。夫子呆坐良久，掩面哭道："子路，你怎么这么傻呀！"说完，抬手就把那罐肉酱丢进了垃圾筐里。

是谁害了颜渊

我一直对颜渊的死耿耿于怀。

好像是 N 年前的这个时候，颜渊还难得地绽开着一张挂满褶子的笑脸，跟我说，他要出国了。我由衷地为他高兴，倒不是因为他十年寒窗，肚里的墨水终于有了涂抹的地方，而是他的处境，哪怕是在国外混上个芝麻绿豆大的官儿，也该有所改变了吧。

颜渊活得太苦了，我一直这么认为。我记得刚在学堂遇见他时，差点儿把他当成了叫花子。破旧的衣衫，枯槁的面容，在飘雪的冬天会露出脚趾的草鞋，使他很自然地成为一帮富家子弟的笑料。起先我还以为他是在作秀，林子大了，什么鸟儿没有？于是，我便很好事地扮演了一回跟踪者，摸到了他的家。颜渊的家在东关的贫民窟，一个乞丐都不肯光顾的地方。我进去的时候，颜渊正喝着一碗野菜汤，那架势像是转世的饿死鬼，狼吞虎咽。一碗汤下了肚，似乎还没饱，他又拎了一只黑乎乎的水瓢，跑到井边舀水喝。那可是腊月的生水呀，怪不得颜渊在课堂上常常闹肚子。

见到我时，颜渊吓了一跳，他的脸涨得通红。当时他的表情里有惊讶、尴尬、羞怯还有无措，一想起来就让我的心隐隐地疼。我才明白，颜渊平时一副知足常乐的样子，都是做给别人看的，他一直过着的，其实是一种戴着面具的生活，面具后面的那张脸，以及脸上的表情，没有人能辨得清。

现在好了，颜渊终于要出国了，或者说终于要摆脱一种戴着面具的生活了。当时我问他，打算去哪个国家？他说卫国。我吃了一惊，印象里他这样的高才生是该去一个大国的。颜渊不经意地笑笑："夫子不是说过，大丈夫要施展身手，就得到一个混乱的国家，整天歌舞升平的，还要我们这些人去治理什么？"

也是。

那段日子，颜渊总是一副喜形于色又心事重重的样子，他大概是有点儿舍不得学堂了。出国毕竟不是郊游，一走三五年的也说不定。为了送他，我动手做了件礼物，一件家乡的石头穿成的珠子，很朴拙。本想多花点儿钱，买些实用的东西，又怕伤了他。贫穷让颜渊的心变得格外敏感。

我们这帮哥们儿就等着为他践行了，然而大家等来了一场变故。颜渊再出现在我面前时，他像是丢了魂魄。一见面，他就没头没脑地问了一句："师弟，夫子让我吃斋，你说，我家里穷得揭不开锅，几个月甚至都闻不到荤腥，这难道不是天天都在吃斋吗？"我听得云里雾里："你马上就要出国了，还管夫子说什么呢？"颜渊摇摇头，叹了口气，长长的一声，像是失望到了骨子里："夫子说，我现在还年轻，心浮气躁，难以治理国家，去了只会乱上加乱。"

"可这跟吃斋有什么关系呢？"我不解。

几天后，我在一间空荡荡的学堂里见到了颜渊，他端坐在一张席子上，嘴唇翕动着，也不知在叨咕什么。问他，半天，才轻轻地回了一句："夫子说的吃斋，指的原是心斋。心静了，眼自然明。"

"可是，心静了，还有激情去治理一个国家吗？"我想问问颜渊。这个呆头鹅，像入定的老僧似的，再也不理我了。我忿不过，去质问夫子："颜渊连饭也吃不饱，你还忍心让他打坐？"夫子乜了我一眼，轻飘飘的。我瞅见他的案头摆着刚撰就的蝇头小楷："君君，臣臣，父父，子子。"一日为师，终身为父，我猜夫子会端出父亲的架势臭骂我一顿。没有。夫子的脸色倒是和缓了下来，随手从案上拿起一个东西，递到我手里。

是一道嘉奖令，齐王颁布的，上面还有他大红的印戳。原来，齐王跟

夫子扯闲篇，探问夫子的弟子中哪个做得最好。夫子把七十二个高徒在心里
PK 了一遍，最后举荐了颜渊。夫子说："家里只有一锅菜汤、一瓢冷水，
住在要饭窝似的地方，颜渊还整天那么乐呵呵的，换谁能做到啊？"

　　"可是，"我小声嘟囔着，"发一张荣誉证书顶什么用啊？又不能填饱
肚子。我看，颜渊现在紧缺的不是这个，而是粮食和蔬菜。"夫子不说话，
直盯着我，脸色渐渐变得严肃，食指在一把宽大的戒尺上不停地叩打。我开
始心虚，真怕他气昏了头，像对待宰予那样，也给我扣上一顶"朽木不可雕
也"的帽子，让我毕不了业。于是只好放弃规劝，狼狈而出。

　　颜渊一下成了名人，连夫子这样见过世面的人，都觉得跟着变成了"星
星"。但我总有些隐隐地担心，担心颜渊会出事。出什么事呢？一时也掰扯
不清。

　　几个月后，我的担心应验了。颜渊在学堂的一次早读课上倒下了，他是
饿倒的，年仅 41 岁。葬礼上，夫子对着颜渊，哭得一塌糊涂，死儿子的时
候都没见他那么难过。

　　我知道，夫子是真的伤心了。毕竟，他唯一可以作为仁义代言人的弟
子，真的去了。

　　他不哭谁哭？

差生宰予

宰予其实并不差，只是有点儿另类而已。

那天，连绵多日的雨终于停了。阳光一跳进院子，我们便欢呼着从教室里涌出来，像一群飞出樊笼的鸟。我在院子里转了一圈，扯着嗓门嚷道："既然天气这么好，下午又没课，不如我们套辆车，出去遛遛。"

几个师兄弟立即响应，于是，简单地收拾了一下，准备出发。在人群里侃大山的宰予看见了，忙凑过来说："等等，也算上我一个，这几日窝在教室，心里都快长毛了。"

我犹豫了一下，原本是不愿捎带宰予的，这小子整天油嘴滑舌，动不动就闹大家的难堪。最后，还是班长颜回心软，他悄悄地扯扯我的衣襟，打着哈哈说："反正车上还有地方，那就上来吧。"

我们几个人赶着车，在夏天的田野里四处游荡，一直疯玩到太阳落山，才意犹未尽地往回赶。路过一处繁华的都城时，宰予拍拍肚皮说："师兄弟们，我的肚子都开始闹革命了，不如我们在这里找个地方，打打牙祭，再走不迟。"

我也正有此意，于是掀开车帘，问赶车的子路："这是什么地方啊？"子路答："朝歌。"我大惊："原来是纣王酒池肉林荒淫无道的地方啊。子路，快点儿赶车，离开这块'凶地'。大家蒙住眼，千万不要染上晦气。"

大家便都用袖子遮住了眼。走了一会儿，我忽然发现，宰予不但没有遮眼，还伸着脖子朝外面张望着。原来，河边有几个女子在且歌且舞，婀娜的样子让宰予垂涎三尺。我悄悄地把这个发现告诉子路，武士出身的子路大怒："好你个宰予，没想到整天之乎者也的，肚里竟然一泡坏水。"说完，一抬脚，把宰予从车上踹了下来，赶着车扬长而去。

宰予是第二天早上才鼻青脸肿地赶回来的。一进门，宰予就呜里哇啦地哭着去找夫子："老师，您可得为我做主呀。子路他们太欺负人了，您看看，把我打成什么样子了！害得我在荒郊野外躺了一晚，差点儿让狼叼走。"

"他们已经把事情告诉我了。"夫子也斜了宰予一眼，摇摇头说，"子路是做得不对，可你呢，这些年的礼仪怕也是白学了吧？我看这事你也别再怨天尤人，回去好好反省吧。"

宰予还想争辩，夫子已然离开座位，摆摆手说："好了好了，宰予同学，该上课了。"

"哼，走着瞧吧，有你们好看的！"出门的时候，我听见宰予不满地嘟囔了一句。

上午的课讲到了"仁"。夫子在台上讲着古往今来，引经据典滔滔不绝，我们在下面正襟危坐，聚精会神。课讲到一半儿时，教室里忽然响起了鼾声。声音开始还很轻，婴儿般香甜，后来越来越大，肆无忌惮，声震屋瓦，以至于我们再也没心思听课。

原来是宰予在睡觉，哈喇子流得足有半尺长！

夫子脸上挂不住了，他走到宰予面前，抢起戒尺在宰予头上狠狠地拍了一下。宰予醒了，揉揉脑袋，一副无辜的样子："老师，您怎么啦？"夫子的鼻子差点儿气歪："宰予，你还好意思问我？大白天竟然在课堂上睡觉！我看你就是一块腐烂的木头，不堪雕刻；粪土砌成的墙，不堪涂抹！"

教室里一下子鸦雀无声，我们的心都吊了起来。学堂开了这么些年，大家还是第一次见到夫子发这么大的火。

宰予也一样，平时那张伶牙俐齿的嘴，此刻也像贴了封条。好一会儿，他才结结巴巴地道："老师，您误会了，我没有睡觉。"

"没有睡觉？"夫子冷冷地哼了一声，"那好，你说说，我这堂课讲的什么？"

"仁，老师。"宰予的语气恢复了正常，"我刚才趴在课桌上，是因为有个问题一直弄不明白，想请教一下老师。"

夫子沉默着。

"如果告诉一位仁者，有人掉进了井里，他该不该下去救呢？"宰予的嘴皮子终于利索起来。

"这还用问，当然要下去救啦！"不等夫子搭腔，我在一旁抢着答道。

"那就是说，这位仁者要跳下去陪落井者一起死？"宰予讥诮道。

"这……"我哑然。

"怎么能为了救人而去白白送死呢？"颜回想了想说，"不能救。"

"你的意思是见死不救？"宰予反问，"那他还是仁者吗？"

我们面面相觑，一时不知该怎么回答了。宰予撇了撇嘴，一脸的幸灾乐祸。大家便都望向夫子。

夫子狠狠地瞪了宰予一眼："就你爱逞能，提的这也叫问题？人当然要救，但也不能把自己白白搭进去，只要到井边寻找一个救人的法子就可以了。不过，我觉得眼下，大家需要明白的问题还不是这个，而是仁者可以受到欺骗，但绝不可以受到'朽木不可雕'者的戏弄。下课！"

班上响起了一阵笑声，宰予还没有回过味儿来，我们便嘻嘻哈哈笑着，从这个"钦定"的差生身边一哄而散。

美人赠我蒙汗药

　　去卫城的路不长，我却走了很长时间，确切地说，是胯下的青皮走了很长时间。尽管我给青皮的四蹄包了稻草，但覆盖着冰雪的路面还是让青皮小心翼翼，始终不敢有所放纵。

　　雪是三天前来的，下了一夜，城里很多上了年纪的人都说，还从来没见过这么大的雪呢。"绿蚁新醅酒，红泥小火炉"，有雪相佐，正好照顾了我的生意。可是，来自卫城的消息又让我皱起了眉头，知情人说，卫城东关村倒了不少房子，还死了人。

　　东关村是我幼时住过的地方，旧是旧了些，但民风淳朴，人心向善。无父无母的我就是吃着百家饭，一步一步走到了今天，几乎没有多少犹豫，我就下了决心，要去卫城赈灾。这些年，靠着经营"彭记酒坊"，虽说没有成为彭城首富，倒也挣了些钱。滴水之恩，当涌泉相报。我也打算为东关村做些事。青皮背上驮着的，就是我连夜凑起来的两千两纹银。

　　我赶到卫城的时候，天已经暗了，肚子里有点儿空，青皮跟我一样，有气无力地吐着哈气。我却顾不上吃饭，来的路上已经琢磨好了，把银子分给大家，不如干脆在东关村支上十几口大锅，放粥。

　　于是，打算先去买锅。

　　雪灾后的卫城像一个颓废的老妇人，空气中充斥着无精打采的萧条气息，就连儿时极喜欢的那条繁华的石板街，也泛着一股慵懒的气息。偶有来来往往的人，也都是拄着竹杖讨饭的百姓。一路走过去，全被这样的人簇拥着、包裹着，让人心酸得落泪。好不容易把几家卖杂货的店铺转完了，我想要的那种大锅，根本就没有。杂货铺的老板说："这么大的锅，进了货卖给谁呀？"我想想也是这样。

天已经晚得看不清路了，街上渐次响起的打烊声提醒我，如果再不找家客栈填填肚子，只怕就要挨饿了。青皮有一声没一声地打着呼噜，整整奔波了一天，这家伙连发脾气的力气也没有了。

我扯着青皮开始留意街边的招牌。女人就是这时候闯进我的视线的，她慵懒地斜靠在一家不起眼的店门边，先是把我上下打量了几眼，然后一改散漫的姿态，开始夸张地摇着腰肢，朝我迎过来。"大哥"，她说，嗲声嗲气的样子让我疑心自己误入了青楼，"是要住店吧大哥？上我这儿来吧，特色客店，包您满意。"

我停住脚，就着店门口微弱的灯光，也把她上下打量一番。一袭斜襟蓝底红花儿的长裙，松松地挽着云鬟，年纪顶多三十出头，却有着一种久经世面的练达。而且，也得承认，她算是一个很标致的美人。

女人见我有些迟疑，她娇笑着扯过青皮的辔头，一只手指了指店面的招牌，"大哥，您一定没来过卫城吧？'美人汤'的饭菜可是卫城的招牌哦！"

我不经意地一笑，卫城是我长大的地方，即便是后来离开了，也常常因为这样那样的事，一年要来上几次。"美人汤"，我还是第一次听说，该是一家新店了。不过，不争气的肚子和女人夸张的热情还是牵住了我的脚步，先住下来再说吧。

女人把我领进一间宽敞的客房，一边招呼伙计打来热水，一边巧笑倩兮地说："大哥，您稍等，我去给您上菜。"

片刻的工夫，门口就飘来了阵阵的菜香，瞬间食欲大增。我迫不及待地坐下来，拎起了筷子，没等动手，女人又端来一壶酒，"刚烫好的，喝点儿暖暖身子吧。"女人拿出一只酒杯，满上，又拿出一只，也满上。酒香一飘进鼻孔，我就知道是上好的酒了。"我不喝酒的"，我抬起眼皮对女人说。

我没有骗她，经营酒坊这些年，卖出的美酒无数，我却滴酒不沾。

女人嗤笑一声："跑路的男人不喝酒，谁信哪？"不由分说，端起两杯酒，一杯塞进我手里，一杯一饮而尽。然后冲我亮了亮杯底，"怎么样大哥，干了吧？"

酒色在女人的脸上泛起两朵灿烂的桃花，越发勾勒出一股掌上飞燕的妖媚神态。见我没有动静，女人接着倒了第二杯，一仰脖，又亮了亮杯底，动作干净利落。我一时有点无措，不知道这个妖媚的女人到底想做什么。女人撇撇嘴，忽然凑近我的耳朵："大哥，别看您瞅着挺像个男人，其实都是装给外人看的，连酒也不敢碰，那还叫男人吗？"

我横了女人一眼，端起酒杯也一饮而尽。明知道她是在用激将法，可也不能让一个女人小瞧了不是？女人仰起脸，娇笑成一团，一只手搭在我的肩上，很暧昧地揉了揉："大哥，慢慢吃哦。"一阵香风便飘出了屋子。

那晚我只喝了一杯酒，奇怪的是，后来的事情我却一无所知，只知道自己醒来后，头痛欲裂。更要命的是女人和店里的伙计都不见了，一起不见的，还有青皮和那两千两纹银。我慌忙去向官府报案，开设黑店，巧取豪夺，也太张狂了吧！没想到，衙役听了没两句，便不耐烦地摆着手说："'美人汤'？从来没听说过！"

我一下子蒙了。

回到彭城，整整躺了一天，才从女人的那杯酒里醒过神儿来。钱丢了，灾还得救。思虑再三，我决定再去筹一笔银子。三天后，两千两纹银筹齐了，又开始动身上路。这次，为防万一，我带了两个伙计，全都是滴酒不沾又有些身手的。

卫城还是那座卫城，卫城又全不是几天前的卫城了。街道上的人摩肩接踵，他们脸上洋溢着兴奋，仿佛几天前上天降下的不是一场雪灾，而是甘露。越是接近受灾最严重的东关村，越是热闹，街上横着两排队伍，一直蜿蜒到石板街的尽头。

　　我疑惑地挤过去，问一个排队的老汉："你们都在干什么呀？"老汉抬起挂满褶子的脸，乐呵呵地说："你还不知道啊？有个善人在这里放粥呢，好几口大锅，都已经放了两天啦！"

　　许是怕我没听明白，老汉身边的小伙子插话说："是'美人汤'的女老板，听说花了两千两银子。很漂亮的一个女人呢，嘿嘿。"

　　"女人呢？"我忙问。

　　"早走了，锅一支上，就没见过她的影子，连个名也没留，真是善人哪。"小伙子一脸的感激之情。

　　我一顿脚，豁然开朗。"美人汤"里费尽心机的"劫富"，竟然也是为了"济贫"。这个女人，莫非知道我买不到放粥的锅吗？我摇了摇头，哑然失笑。

多吃了一颗桑葚

丹是我最好的朋友，他是楚国人，我是吴国人，这并不影响我们整天嘻嘻哈哈地打闹在一起。我们两家所在的两个小城——吴国的卑梁和楚国的钟离，就像两个毗邻的村庄，这边一声鸡啼，那边立刻就能响起狗叫。那条象征国境线的小河，清清的，浅浅的，不必挽起裤脚，我们就能轻而易举地蹚过去。

我和丹的童年时代，就是在那条小河边度过的。那时候我们都还没进学堂，忙着种地的大人们也顾不上管我们，我和丹吃罢饭，便相约到小河边摸鱼，要不就是捏上一堆泥巴兵，玩儿"兵来将挡，水来土掩"的游戏。

丹说，他长大了要当一名将军，我说我也是。丹还说，他还要下令让工匠们把卑梁和钟离连在一起，这样两家就能随便串门子了。我哈哈笑着说我也是。

可是，我和丹的梦想刚刚迈过那个秋天的门槛儿，事就来了。

事情的起因跟一棵桑树有关。桑树就长在小河边，粗大的树干，浓密的树冠。平时，我和丹玩累了，就枕着胳膊，躺在树荫下歇凉，或者听鸟声啁啾。更大的乐趣还是数树上的桑葚，一颗两颗……一直数到它们变红变紫。紫红的桑葚让我们的童年爬满了馋虫，爬满了大大小小的欲望。不过，这样的时候不会很长，因为桑葚的美味会引来很多孩子，让桑树上很快只留下一片绿叶。

那天，我和丹又来到桑树下，准备碰碰运气。是丹上的树，丹的身子瘦瘦的、小小的，爬起树来像只猴子。我则守在树下，防着别的孩子来抢我们的果实。丹在树上忙活了半天，然后摇着酸痛的胳膊滑下来，龇牙咧嘴地问我捡到了多少。我数了数，十一颗。丹掰着指头算了半天，说，你五颗，我六颗。

凭什么？我叫起来。

是我爬的树嘛。丹一边辩解，一边抓起地上的桑葚往口袋里塞。

你爬的树怎么啦？不是我守着，别人早就抢光了。我抓着丹的手，试图阻止他。

丹没有停下来的意思，依然往口袋里塞着。我有些生气，凭着自身块头大一些，随手搡了丹一把。丹一个趔趄，坐倒在地，地上刚好有块石头，丹一下子捂住屁股，呜里哇啦号叫起来。

丹的哭声很快召来了他在地里劳作的父亲。丹的父亲虽然和丹一样瘦小，样子却很凶，他一上来，不由分说便扯住了我的耳朵，向上使劲儿拎着，几乎就要把那只耳朵扯离我的脑袋。我也开始号叫，声音比丹还要凄惨。

过了一会儿，总算有人来救我了。是邻家的三叔，他也是听见叫声才从地里跑过来的。三叔和丹的父亲吵了几句，话不投机，很快便扭打在一起。我和丹在一边插不上手，只好扯起嗓子，拼命喊两边的大人。

大人们跑过来，黑压压的两群。他们手里拎着锄头、铁锹，还有放羊的鞭子，叮叮当当混在了一起，场面一下子热闹起来。我和丹躲在一边，茫然地当着看客。丹似乎很喜欢这样的场面，我瞅见他用衣袖揩掉脸上的鼻涕，掏出桑葚，津津有味地啃起来，那样子勾得我直淌口水。

混战是在一声惊叫中停下来的。不知是谁喊了一声，不好，打死人啦！亢奋的人群立时静下来，并且很快围成了一圈儿。我挤过去，看见邻家的三叔蜷在地上，头上汩汩地冒着血水。几个大人慌忙抬起三叔，踉踉跄跄往城里跑。

三叔还是没能抢救过来，大夫不停地摇着头说，太可怕了，血都快流干了。父亲从大夫那儿出来后，招呼了一帮人，哭喊着去找卑梁的守将。晚饭的时候，父亲回来了，脸上有了一丝喜色。父亲说，守将同意发兵了。紧接着，父亲又咬着牙狠狠地骂了一句，狗日的，我要让他们血债血还！我不知道父亲是在骂谁，丹还是那群大人？父亲只是叮嘱我，这几天不许出门，外面乱得很。

外面果然乱得很，因为没几天，我就看见父亲惊慌失措地躲在家里，再也不敢出门。问他，他说，卑梁城里到处都是楚军，见人就杀，街上的尸体都快堆成山了。母亲纳闷，不是我们去打钟离吗？是呀，父亲说，可是狗日的，刚打了两天，楚王就不愿意了，竟然派兵占了卑梁。

那些天，我缩在家里度日如年。我已经很久没有见过丹了，没有和他一起摸过鱼、爬过桑树了，一个人形单影只的，真没意思。一个月后，父亲终于探听到了让人激动的消息，吴王一怒之下，发精兵三万，不但收复了卑梁，还一举攻下了楚国的钟离和居巢。

这下可好了，父亲在饭桌上把碗敲得叮当响说，连钟离也成我们的了，看他们还能闹不！

那我是不是可以去小河边玩了？我问父亲。

当然啦，父亲眉飞色舞地对我说，不光是小河边，连钟离也可以去呢。

听了父亲的话，我胡乱扒了几口饭，便迫不及待地往小河边奔。丹已经在那儿了，看来他也得到了消息。丹一个人呆呆地站在那棵桑树边出神。桑树的树冠不见了，只剩下一根光秃秃的树干，上面黑乎乎的，像是母亲刚从灶膛里抽出来的烧火棍。怎么回事儿？我惊讶地问。

还不都怪他们！丹撇了撇嘴。见到我，丹的眼里有了光亮，他攥住我的手，说想死我啦！我说我也是。

我们在光秃秃的桑树下坐下来，互相讲着这些天城里发生的事。讲着讲着，丹忽然冒出一句，那些大人真不好玩儿！

我点头，说咱们玩儿咱们的，不管他。于是，我和丹俯下身子，捏了一堆泥巴兵，开始玩游戏。

史官传奇之太史简

我是被一阵哭声惊醒的。不只是我，我们弟兄四人都是被这一阵哭声惊醒的。

作为齐国的史官，大哥太史伯一直教导我们，世界那么大，人心那么乱，每天都有意料不到的事情发生。但不管外面怎么乱，史官不能乱，史官要做的，就是为纷乱的结果找到真相。

真相只有一个。大哥总是在我们遇到岔路的时候，就让我们默念这一句，然后像礼佛的僧人一样，清心前行。

大哥为了给自己营造一个清静的环境，他把录简的工作放在了晚上，下午小睡，闭门谢客。

然而，这一次，无论如何是睡不成了。外面哭声震天，大哥说："怕是谁家又殁了先人吧。"

出了门，见到的竟是上大夫晏子。晏子是个很讲究的人，平日里喜怒不形于色，即便是形于色了，你通常看到的他也是弥勒佛的一面。

大哥惊讶地扶住晏子，问他出了什么事。

晏子捶胸顿足，那样子比丧了考妣还难受："太史伯，大王……薨了。"

"怎么可能？昨日大王还跟一帮武士比骑射，箭能射百步，怎么今天就……"

晏子止住哭声，断断续续地讲述了事情的经过。庄公喜欢上了大夫崔杼之妻东郭姜，常常带着随从以礼贤下士的名义到崔杼家访问。其实是借着崔杼外出的机会偷会东郭姜。对于这位上级给自己戴的绿帽，崔杼心知肚明，怀恨在心。这天，庄公又去了崔杼家，这一次，他没有避开崔杼，不但当着崔杼的面对东郭姜抛着媚眼，还把崔杼的帽子赏赐给了随从。"君子死而冠不免"，这侮辱最终使崔杼动了杀心，一阵乱刀让庄公死于非命。

"崔杼弑君时，我就在他的府门外，眼睁睁地看着，却无能为力。"晏子又开始号啕。

"为人臣者，君忧臣劳，君辱臣死。"大哥揉了晏子一把，怒道，"上大夫为什么不跟大王同赴难？"

晏子一边呜咽，一边辩解："大王若为社稷而死，我也会为大王而死；大王若为社稷而逃亡，我也会为大王而逃亡。可是，今天他是为了自己的错误而遭难，我觉得不该为这样的错误去殉难呀！"

大哥狠狠地一跺脚，刚要辩下去，外面响起了杂乱的脚步声。

是崔杼派来的侍者。侍者传话说，让大哥马上过府说话。

晏子慌乱地盯着大哥："他这是要急着抹平这件事呀。"

大哥冷笑一声，转身进了屋。片刻，抓着一卷竹简出来，竹简上是一行瘦长的大篆："夏五月，崔杼弑其君。"

晏子抓着大哥的手说："太史知道此去意味着什么？"

大哥说："知道。"

大哥又转身叮嘱我们："照顾好家人。"他头也不回地走了。

半个时辰后，崔杼的侍者又来了，传二哥太史仲。

二哥像大哥一样，在竹简上工整地写上"夏五月，崔杼弑其君"，昂首出了门。

又过半个时辰，侍者再来，传三哥太史叔。三哥冲我笑一笑，抓着早已写就的竹简，也走了。

时间过得真快，仿佛三哥前脚刚出门，侍者后脚就闯了进来，厉声叫嚣着："上大夫有令，传太史季！"

　　我来不及写好竹简，不过这不重要，那几个字，在哪儿我都能把它们誊写工整。

　　家人已经哽咽着说不出话。晏子也一样，一向稳重讲究的晏子大夫，脸上凌乱得像是洪灾现场。他扯着我的衣袖，拼命摆手："季，留得青山在啊……"

　　可是，青史如果不在了，留着一座光秃秃的山有什么用？

　　我像三个哥哥一样，义无反顾地出了门。

　　崔杼的府上戒备森严。崔杼拎着一把剑，像一头杀红眼的野兽，站在院子里。他的脚下，是三具血淋淋的尸体，每个人的手里，都紧握着一卷竹简，上面沾满血迹。

　　崔杼指了指身边的案几，上面一笔、一砚、一卷竹简。"你的哥哥们不听我的号令，我已处决了他们。你就写庄公是病死的，不然，那就是你的下场。"他转身指着三个哥哥的尸体，恶狠狠地说。

　　我的心在一滴一滴地淌血，牙齿几乎要咬碎。我走到案几前，冷静地摊开竹简，提笔写道："夏五月，崔杼弑其君。"

　　崔杼怒不可遏，把剑横上我的颈项，然后凶狠地说："你三个哥哥都已经死了，难道你也不爱惜自己的生命吗？如果改变写法，你还能有一条活路。"

　　我平静地回答："按照事实秉笔直书，是史家的天职。与其失职，还不如去死。"

　　崔杼睁着一双兽眼，半晌，弃了剑，叹息一声，道："退下吧。"

　　走出府门，迎面跟跟跄跄撞过来一人。是我的好友史官南史氏。听说我的三个哥哥皆被杀害，他也来了。

　　南史氏盯着我，问："记下啦？"

　　我点头："记下啦。"

他长啸一声，抖开了手中的竹简，上面一行遒劲的字体——夏五月，崔杼弑其君。

竹简在风中哗哗作响，恍若一面旗帜。

史官传奇之董狐笔

堂兄赵盾最近有点儿异样，他动不动就唉声叹气，借酒浇愁。赵盾身为一国之相，位高权重，本不该像个市井之徒的样子。那天，我们对饮，他喝红了脸，竟然拍着桌子大骂："昏君，昏君呀！"

"怎么啦？"我吓得灵魂出窍。

赵盾说："一国之君，不想着为民谋福祉，却整天聚敛民财，残害臣工。我苦心劝谏灵公，他非但不改，反而迁怒于我，多次派人刺杀。你说，这样的昏君，国家还有希望吗？"

灵公的德行我是知道的，却不承想荒唐至此。看着可怜的堂兄，我一边喝酒，一边琢磨着怎么帮他。

没等我想出个子丑寅卯，事态就恶化了。

十多天后，灵公在宫中举办宴会。赵盾赴宴，没想到帷帐中埋伏着全副盔甲的兵士，酒喝到一半，好好的一场聚会就变成了武斗。幸好赵盾有些身手，在护卫的帮助下，拼死杀出重围，逃到晋国边境，躲藏起来。

一国的相国没了，灵公不但没有丝毫愧疚，反而更加放纵起来。他日日花天酒地，把自己灌得酩酊大醉，不问政事。这样的国君，不佐也罢。我决心唱一回白脸，当一回忤逆的"乱臣"。有一天，趁着灵公烂醉如泥，我带着贴身的侍卫，一拥而上，除掉了这个败国的昏君。

赵盾又回来了。在他的主持下，成公继位，他仍被委任为相国。一切都回到了正常的轨道，国家兴利除弊，开始蒸蒸日上。

本以为这件事情就结束了，没想到董狐的一支笔又搅起了风浪。董狐本是一介书生，司太史职。成公早朝，董狐在朝堂上宣读拟写的载入史册的大事，只一句，就让朝堂上炸了锅。他说："赵盾弑其君。"

赵盾当时就跳了起来，像个蒙冤受屈的孩子，争辩道："我没有杀君王！灵公遭难时，我身在千里之外，怎么杀他？"

我也站出来，拍着胸脯说："人是我杀的，跟相国无关。有什么想写的，冲我来！"

董狐毫不畏惧，他问："相国位居正卿，世承王恩。王有过错，你可以离职，另谋高就。请问，你离开国家了吗？"

赵盾答："没有。"

董狐又问："相国未离开国家，也未辞掉相位。请问，你跟大王的君臣之义断绝了吗？"

赵盾犹豫了一下，答："没有。"

董狐再问："相国既与大王君臣之义没有断绝，那么大王罹难，你回到朝中，仍司相国之职，就应当组织人马讨伐乱臣。请问，你讨伐了吗？"

赵盾顿时涨红了脸，半晌，方嗫嚅道："没有。"

董狐忽然提高了嗓音，厉声质问道："相国不讨伐乱臣就是未尽到人臣之责。你说，这'弑君'之名，你不担谁担？"

满朝文武面面相觑，无言以对。我在一边恼羞成怒，拔出佩剑，嚷道："大胆董狐，灵公无道，杀了他也是为民除害，替天行道，何错之有？"

董狐轻笑一声，说："将军息怒，在下是个太史，秉笔直书是在下的职责。至于大王是否有错，不是我该问的。"

董狐这家伙，仗着自己的三寸不烂之舌，弄得我跟堂兄赵盾颜面尽失。我举着剑就要冲过去。

赵盾拦住了我，身为相国，肚里撑船，额头跑马。他很快就恢复了常态，冲董狐深深作揖，动情地说："当今之世，杀伐当道，礼崩乐坏，太史还能直书事件的实质而不加隐讳，今之良史呀！"

"赵盾弑其君"就此载入史册。

奇怪的是，这件本该搅起轩然大波的事，到此竟然画上了完美的句号。很多人知道真相后，不但没有非议赵盾的不忠，反而给他戴了一顶"良大夫"的高帽。

还有人开玩笑说："可惜呀，他当时要是逃出了国境，不就没有责任了吗。"

去赵国的邯郸

我一直很后悔那次去邯郸。这之前，我一直在父亲的军中当差，整天跟一帮靠脑子吃饭的同事为父亲出出谋、划划策。不客气地说，我的军事理论还行吧，因为每次父亲征战回来，都会冲我伸伸拇指，说，你小子主意不错，又胜了。虽然多数时候，都是些国界上的磕磕绊绊、小打小闹，次数多了，功劳累计起来，我的职位还是很快升到了高参。

父亲闲下来时，喜欢跟我们一起围坐帐中，磨磨嘴皮，逗逗乐子，话题当然跟战局有关。说起打仗，我弓不能射百步，力不能举百斤，可咱读过的兵书多，从古至今的军事著作，堆起来，五辆车都未必能拉完。小范围的争论，大场面的辩驳，也从没在人前掉过链子。

也许是树大招风吧，渐渐地，流言就来了，先是嘲笑我"官二代"，借着父亲的职位谋点儿稻粱，再是讥讽我"死读书、读死书"，书呆子一个。起初很生气，抡胳膊挽袖子像个愤青似的想去理论，父亲笑着止住了，父亲说，流言止于智者，亮出你的本事，自然也就没人再嚼舌头了。

也是。

很快，机会就来了。公元前280年，父亲攻打齐国的麦丘，久攻不下，赵王很生气，下了死诏，只给父亲一个月的时间。我从没见父亲那么愁过，虽然战场上父亲总是置生死于度外，可这是攻城，麦丘城高墙厚，如果硬着来，父亲的一世英名可能毁于一旦。在紧急军事会议上，平日里夸夸其谈的同事们都没了主张，父亲把目光转向了我。我笑了，说，碰到这样久攻不下的残局，用兵其实已经意义不大，兵书上说"攻城为下，攻心为上"，不如优待那些俘获的齐军，锦衣玉食，宝马雕车，然后再放回去，让他们做一回活广告，乱了对方的军心，城自然不攻自破。

行吗？父亲跟同事们的目光里充满了狐疑。

把"吗"去掉，不试怎么知道？我胸有成竹。

一周后，传来消息，放回去的齐军杀了守将，降了。

我一下子声名鹊起，成了赵国街头巷尾谈论的对象。一夜之间红遍全国，让我多少有点儿不适应，父亲见了，语重心长地说，一次成功不算什么，难免授人以"瞎猫碰上死耗子"的嫌疑，要想成为名将，就得踩着敌人的尸骨不停走下去。

于是又有了阏与之战。公元前269年，秦国借道韩国进攻阏与，赵王派父亲前去救援。父亲问计于我，我想了想，说，秦军既然是借道，韩国一定会犯嘀咕，怕秦军顺手牵羊，灭了韩国。不妨利用韩军的心理，派人散布谣言，打一场离间战。

一个月后，计谋见效，韩军果然出兵夹击，跟父亲一起大败秦军，还杀死了秦国名将胡阳。

这也许就是后来秦军兵犯长平，国家生死存亡之际，赵王召我去邯郸的原因吧。其时，父亲已经故去，在长平与秦军对峙的，是老将廉颇。秦军叫嚣说，廉颇根本不在他们眼里，他们唯一畏惧的，是我。

赵王说，虎父无犬子，秦军没有看错。

我摇了摇头，说，他们搞的是反间计。

赵王皱了皱眉，很不高兴地说，疾风知劲草，板荡识诚臣，国难当头，爱卿难道怕死不成？

死我倒不怕，我想说的是，跟随父亲征战这么多年，虽然成了名人，但却从未单独领过兵，把一场关乎国家存亡的战争作为我的"处子秀"，未免太冒险了些。不如仍旧让廉将军领兵，我当参谋。

遗憾的是，赵王已经听不进我说的话了，他说，廉颇老了，饭也吃不进去，还整天拉肚子，怎么打仗？他又说，爱卿只管说，需要带多少兵吧？

我掰着指头算了算，无奈地说，四十万吧。

四十万，差不多就是倾国之兵。后来的战事你都知道了吧？现在想想，肠子都要悔青了，那么多风华正茂的男儿，生生被我领进了一个巨大的墓坑，再也没能回来。

后人很刻薄地嘲笑我，动不动就搬出"纸上谈兵"的糗事，他们哪里知道，遮蔽在赵王阴影下的我，也是身不由己呀。

罪过。

刺客聂政

　　在成为刺客之前，聂政只是一位勇士。在战国，像聂政这样没有正当职业，偶尔舞舞刀、弄弄棒的勇士，你在街上随便转一转，都能碰到。跟别人不一样的是，聂政胆大心细，好打抱不平，因而屡有美名传于乡里。

　　聂政生活的变化源于一桩命案。有一天，聂政和往常一样，只是想教训一下那个为虎作伥的衙役，谁让那家伙不长眼，顺手拎了聂政狗肉铺子里的半条狗肉，还嚷着说："老子吃你的东西是看得起你！"

　　让聂政没想到的是，那家伙竟这么不经扁，三拳两脚下去，竟一命呜呼了。有好心的人劝聂政快逃，杀人偿命，何况杀的还是官府中人，不跑还能有好？

　　聂政只是笑笑，没事人般照常营业。自从做了勇士，聂政就不知道"害怕"是什么意思。傍晚，聂政收了摊子回家，远远地就瞅见白发苍苍的母亲倚在门口等他的身影。这样的场景聂政每天都能见到，但那天，聂政的心猛地跳了一下，泪就下来了。

　　聂政改变了主意，带着母亲离开家乡，躲到了齐国的一个小镇。镇子不大，没有多少聊以糊口的营生，聂政只好重操旧业，屠狗为生。一间屋，一张案，一把刀，寂寞是寂寞了点儿，可那又怎么样呢？只要母亲过得安生，聂政也就知足了。

　　母亲六十大寿那天，聂政掏出多日的积蓄，招呼左邻右舍，摆了几桌酒席，想好好热闹热闹。酒喝到一半，门外忽然响起了喧哗声，一群衣着华丽的人走了进来。聂政一愣，自己除了劫过富济过贫，还真没跟有钱人打过交道。

"你们是干啥的？"聂政抱拳问道。

"果真是一位壮士！"为首的把聂政上下打量了一番，领首道，"我们也没什么事，就是听说侠士的母亲大寿，特赶来祝贺！"他说着，一挥手，身边的人抬上礼盒，打开，竟是满满的一盒黄金。

聂政皱起眉来："我们既非亲戚，也不是旧交，为什么送这么贵重的礼？"

来人迟疑了一下，说："不瞒侠士，我来的确是有事相求。鄙人严仲子，本在韩国当差，有一天跟韩相侠累因为意见不合，拌了几句嘴。想必侠士也知道，侠累是韩王的亲戚，一向骄奢淫逸，耳朵里容不得半点儿逆言，好多人都因为这个死在他的手里。没办法，只好背井离乡，逃到了这儿。可我咽不下这口气呀，我要杀了侠累，为国除害，恳请侠士助我。"

聂政边听边摇头说："不是我不想帮你，可是你看看，我老娘这么大年纪了，我怎么能抛下她不管呢？"

严仲子说："这个好办，令堂可以由我来照顾，侠士放心，我一定会像待自己的生母一样待她。"

聂政摆了摆手，道："父母在，不远游。我还是不能离开啊。"他说完，两眼深情地望向母亲。任凭严仲子怎么动之以情，晓之以理，聂政坚辞不受，那盒黄金，聂政也紧追到门口，退了回去。

一年后，严仲子正在家中喝茶，聂政忽然风风火火地闯了进来，开口便说："你要我办的事，我今天帮你。"严仲子一愣："侠士想通了？"聂政的眼圈立时便红了："我娘她……归天了，我现在是无牵无挂。士为知己者死，承蒙你看得起我，我怎能袖手旁观呢？"

严仲子听了，心下大喜："侠士打算什么时候动手？"

聂政说："夜长梦多，我现在就动身。"

严仲子又问："需要多少助手？我派给你。"

聂政轻轻一笑："不必了，人多嘴杂，反倒误事，不如我一个人来得利索。"说完，晃了晃手中的短剑，走了。

聂政是七天后赶到韩国的。相府夜里守得严，白天管得松，聂政就找了一身侍卫的衣服换上，混了进去。

韩相侠累正在大厅里喝茶，厅下是盔明甲亮的侍卫，戒备森严。聂政昂首晃过那些寒光闪闪的长戟，疾步走向侠累，边走边喊："相国在哪儿？相国在哪儿？我有急事禀报！"

侠累伸长脑袋，想看清是谁这么大胆，敢在厅前喧哗。没等看明白呢，聂政的短剑就出手了。一招致命。

侍卫半天才明白过来，有刺客啦！厅前一阵骚乱，刀光剑影，血肉横飞。十几具尸体倒下后，人却越来越多，聂政有些招架不住了。

侍卫长叫嚣道："大胆刺客，竟敢刺杀相国，不知道要株连九族吗？"

聂政哈哈大笑："你知道爷是谁？"

侍卫长哼了一声："拿下你，不怕你不招。就算你嘴硬，暴尸三日，悬赏天下，还怕没人认出你来？"

聂政朗声道："那你就试试吧。"

说完，挥手在脸上狠狠一剑，容貌顿毁，又一剑剖开腹部，五脏俱出。飞溅的鲜血，染红厅堂。

送你一座黄金屋

如果不是母亲过来，那天我们会玩得很开心。游戏是捉迷藏，剪刀石头布，轮到彘弟弟捉人了，我们嬉笑着四下散开。仲春的宫院，红花绿草，柳丝芊垂，假山亭阁，曲径通幽，找个藏身的地方太容易了。可我没有像其他人那样钻到花丛和石缝里，而是躲进了侍立的宫女宽大的袍子里。哼，只要没人出卖，足够让彘弟弟找到哭鼻子。

好戏还没有开场，母亲就来了，前呼后拥一大群人，一下子就让宫院里的气氛紧张起来。我以为母亲是来喊我吃饭的，看看太阳，午饭好像也不到时候，便很生气。母亲好像故意要搅了我们的游戏，她兴致勃勃地在凉亭的石凳上坐下来，四下瞅了瞅，就看见了蒙着眼睛的彘弟弟。

“彘儿，过来。”母亲招着手，一边差人解下蒙布，亲昵地把他拥进怀里，“彘儿长大了要娶老婆吗？”

“当然啦。”彘弟弟一点儿也不害羞。

“那么，”母亲用手环顾四周，“这些宫女，你喜欢哪一个？”

“这些啊？”彘弟弟神色黯淡下来说，“这些我都不喜欢啊。”

“是吗？”母亲笑起来，“阿娇，阿娇呢？”她居然叫起了我的名字。

我不情愿地从宫女的袍子里钻出来，噘着嘴，生气地站到母亲面前。

母亲不理会我的神色，兀自抓起我的手，一把扯到彘弟弟面前，“彘儿，把阿娇嫁给你做老婆，愿意吗？”

“阿娇啊？我愿意，我愿意！要是阿娇做了我老婆，我就用黄金造一座屋子给她住。”这个臭小子，色眯眯地盯着我，头点得像鸡啄米，一副没羞没腺的样子。

　　我一下子红了脸，当着这么多人的面谈这个话题，太让人难堪了些。不过说实话，我心里还是很兴奋的，不仅因为彘弟弟是个小帅哥，更重要的是他居然舍得为我造一座金屋。

　　事情就是这么有趣，十多年后，彘弟弟真的娶了我，在他登上皇位的那一刻，我的身份便成了皇后，而我们的婚房，那是你想都想不到的奢华，全由黄金打造。在那间阔大的金碧辉煌的屋子里，我每天做的事就是煲一碗他喜欢喝的汤，然后静静地等着他回来，用温情和爱抚为他洗去一天的疲乏。青梅竹马，鱼水欢爱，锦衣玉食，宝马雕车，别的女人有的，我都有了，别的女人没有的，我也有了。金屋里的一时一刻，都让我心旌摇曳，而迈出屋子，更让我的心有了膨胀的快感。我能感受到那些来自面前和身后的目光，嫉妒、羡慕、向往、失落，像无数触角，从每个角落里伸出来，将我紧紧包裹。奇怪的是，在那张网里，我丝毫没有窒息的感觉，只有幸福。

　　如果时光这么定格就好了。可是时光总是太像手中盈握的沙子，于不经意间点点流失，你越是想握紧它，它越是流失得更快。那个让幸福的沙子流失的女人是叫卫子夫吧？平阳公主府的一名家奴，何德何能牵走了我青梅竹马的爱人。不，不光是爱人，还有那座黄金打造的宫殿，那是只属于我的爱巢啊，六岁的时候，彘弟弟就把它送给我了。

　　可是，现在说这些有什么用呢？旧人哭，新人笑，长门宫里的涟涟泪水，也挡不住金屋里的鼓乐笙歌。我想过了断，既然金屋里曾经的郎情妾意不在了，做一枝无根的苇有什么意义呢？三尺白绫，上好的白绫，是他送给我作帷幔的，现在就悬在屋梁上，即将带我回到那段无限眷恋的日子。

　　是贴身的宫女唤醒了我，她泪流满面的样子，像极了一朵带雨的梨花。"皇后，您怎么这么傻啊！事情原本还是有转机的，您这么一走，什么希望都没有了。"这个丫头，贴身棉袄似的，总能明白你身上的冷暖。可她不知道我心里想的，哭过、求过、劝过、闹过，我把自己高贵的尊严丢到了尘埃里，换来的依旧是长门宫里夜夜枯灯、日日孤影。心已死，还奢谈什么希望啊！

"皇后，陛下不是喜欢辞赋、青睐才子吗？您为什么不去找个人，把您的心迹表明出来？说不定就打动陛下了呢。"

我一惊，继而一喜，是啊，自己怎么没想到呢。

找的人是相如，我打听过了，还没有哪个人的文采出乎其右。接下来就是翻箱倒柜，收罗家底，然后豪气冲天地把一封血泪心迹和一包沉甸甸的酬金交给了下人，"告诉司马，让他使出看家本事，拿出一篇千字千金的赋来。"

那几天，我就像一个赌徒，把生命和一个女人全部的爱押在了那篇未知的赋上，日夜期盼着相如与文君情动天下的姻缘，能够在自己身上延续。

相如的文采果然没有让我失望，这一点，我在彘弟弟读完赋后湿润的眼角中看出来了，彘弟弟颤抖着手，一遍遍嗫嚅着一句话："朕没有忘，朕怎么会忘呢？阿娇，这些日子，委屈你了。"

我的泪像决堤的江河，有委屈，也有宽慰。更让我欣喜的，是彘弟弟拉着我的手，许下的承诺，他说："这几天，朕会抽出空，与你在城南宫相会。"

为了这个承诺，我坐在了久违的梳妆台前，当窗理云鬓，对镜贴花黄。我要把自己最美的一面，呈现给彘弟弟，为了那句让我黯淡的心重新绽出新芽的承诺。

第一天，他没有来，许是政务繁忙吧。第二天，他没有来，许是国事纷扰吧。城南宫外，我把身子蜷成一团，目光随着初升的太阳一起游移，直到寒风渐起，星河满天。

　　日复一日。这是一个没有结局的故事。在另一个世界，我看见这段故事成了很多人的谈资。金屋藏娇，人们喜欢这么指喻。说说也就罢了，可千万别当成美谈，那会羞煞妾身啊。

　　唉……

牧羊滩头一阕歌

我到匈奴的那天，风很大，漫天卷起的黄沙让人睁不开眼。"还有这么荒僻的地方啊？"随从一边拍打着满身的沙尘，一边叹气。"长亭外，古道边，芳草碧连天"，家乡的那些繁华，在这里连个鬼影也找不到，我的脚下除了黄沙，就是荒草。

一阵高亢的号角把我的思绪拉回了现实。眼前出现了一队人马，瞅那样子，不像是来打仗的。他们的手里只有旗幡，没有兵器。为首的冲我一抱拳，我就愣了，是李陵，飞将军李广的长孙。

李陵曾跟我同朝为官，遗憾的是后来骨头缺钙，拜向了匈奴，从名将李陵变成了汉贼卫律。我生平最恨的就是这些叛徒了，绿头苍蝇似的，逐臭追腥。我指着卫律的鼻子，刚想发火，手中的符节让我猛然想起了自己的使命。我作为大汉的中郎将，此次受汉武帝之托，出使匈奴，为的是家乡的和平，不是来锄奸的。

我定了定神，慢慢还了一礼，不卑不亢道："原来是卫将军啊，别来无恙？"

卫律的脸忽地红了，虽是降将，但卫律还是在我面前表现出毕恭毕敬的样子。他跳下马，拉着我的手，亲热得像是一对兄弟："单于派我在这里恭候将军多时了，请！"

在卫律的引领下，我们来到了王宫。我已经想好了对策，知道怎么去对付那个凶残的单于。想当年，在朝廷上与群臣激辩，那么多人都败在了自己不烂舌下，摆平一个小小的单于，应该不在话下。

　　让我没料到的是，单于根本就没有接见我们。接见我们的地方是馆驿。馆驿布置得很奢华，里面日日觥筹交错，夜夜歌舞升平。

　　我坐不住了，询问陪伴的卫律："单于到底什么意思？把我们安置在这么一个鬼地方，却不召见我们，难道我们是来吃喝寻乐的？"

　　卫律笑了，眼角眉梢爬满了狡黠："将军，单于早就听说了您的才华和威名，一直想把您留在身边，现在机会来了，不知道您肯不肯抓住？"

　　我吃了一惊："单于他……原来并没有讲和的诚意呀。让我跟你一样，屈节辱命？那样的话，即使活着，还有什么脸面回到汉廷呢？"说完，我拔出了佩剑。

　　卫律忙把我抱住，一边假惺惺地劝慰，一边派人骑快马去找医生。

　　我的伤势渐渐地好了。单于依然没有接见我的意思，却派卫律转告了一个让我震惊的消息，我的副使张胜已经被杀了。

　　"违背单于命令的人，只有死罪。"那天，卫律捧来一件锦袍，继续游说，"想我卫律归顺匈奴后，幸运地受到单于的大恩，赐我爵号，让我称王。我现在拥有奴隶数万，牲畜满山。将军今日投降，明日也是这样。白白地把自己葬在他乡，又有谁知道你呢？"

　　望着卫律那副嘴脸，我忽然从骨子里生出一丝怜悯来："自古君臣如父子，大臣效忠君王，就像儿子效忠父亲。你做了人家的儿子，难道也要我这么无耻吗？我看你存心就是盼着大汉和匈奴互相攻打，陷黎民于水火。匈奴灭亡的灾祸，怕要从你开始了。"

　　卫律的脸上红一阵，白一阵，猪肝似的。他一拂袖子，气哼哼地走了，大概是去找单于，添油加醋地说我的坏话了吧。我一阵冷笑。

　　后来的事情证实了我的判断。一个心眼不错的看守偷偷告诉我，卫律果然在单于面前进了谗言，把单于的臣子们鼓动得群情激愤，纷纷要求处死我。好在单于不恼，单于捋着髭须，冷笑着说："我看就让他到北海放羊吧，什么时候等他放的那些羊生了小羊，就放他回家。"卫律起初有些不情愿："羊一年二胎，他这么羞辱我们，半年就放他回去，这处罚是不是太轻啦？"单于瞟了一眼卫律，像是回答又像是自言自语地说："他这样的人，怎么会甘心去放羊呢？寡人有的是时间等他。"

说这话的时候，单于、还有我，我们大家也许都没有想到，这一等，竟是十九年！

十九年里，我一个人被流放到北海。北海荒无人烟，车马难行，粮食根本运不过去，很多时候，我只能跟野鼠们去争粮食，把它们储藏的食物挖出来果腹。冬天，天降大雪，我就蜷缩在地上，把雪和毡毛一起吞下充饥。那段漫长的日子，陪伴我的，只有那根大汉的符节，虽然符节上的牦牛毛都掉光了，可我还是不忍心丢掉。每天天一亮，我就挂着它来牧羊，羊在荒滩上吃草，我就坐在荒滩上，想念"芳草碧连天"的家乡。

公元前87年，汉昭帝即位。几年后，匈奴和汉达成和议。汉廷向单于索要被扣押的使者，我终于得以归还。

回来后，我沐浴更衣，上殿拜见汉昭帝。汉昭帝身边的宠侍斜睨着我，悄悄地伏在他耳边，低语了几句。汉昭帝迟疑了一下，问跪着的我："朕听说，匈奴的单于要你牧羊，说是你牧的羊生了小羊，就放你回来，是这样吗？"

我点头道："是，陛下。"

汉昭帝大感不解："据朕所知，羊的繁殖期很短的，你怎么会在匈奴待了十九年呢？"

我抬起头，环顾了一下满朝的文武，然后望向汉昭帝，一字一句悲愤地说："回陛下，臣在匈奴，无一日不是归心似箭。可是，狡诈的单于，给臣放牧的，都是些公羊啊！"

言毕，捋了捋满头白发，潸然泪下。

谁成就了你繁华一世的江山

那一年，我终于请出了孔明先生。

孔明站在我的朝堂上，一袭白衣，清清瘦瘦的，宛如荒原上的一株高粱，风吹过，柔弱得就要倒伏的样子。没有人拿正眼看他，这个在江湖上有着"卧龙"称号的年轻人，不过二十七岁，只比我的长子曹丕长六岁，一干久经战阵运筹帷幄的文臣武将，谁的眼里会装下一个茅草屋里走出的书生？

但我还是由衷地高兴。彼时，我刚刚失去了谋士郭嘉，心里的痛横冲直撞，总也找不到安放的地方。中原大地，千里沃土，一寸一寸带血的江山，归于我的麾下。但我想要的不止于此，我想仿效始皇，一统天下。没有了郭嘉，愿望实现怕要推迟十年啊。

现在好了，水镜先生曾说："卧龙凤雏，得一可安天下。"我望着眼前的孔明，想着终于可以放下失去郭嘉的痛了。

孔明说："统一天下，先要拿下刘备和刘表，占领荆襄九郡，打开通往东吴的门户。"

这正是我想做的，刘表虽然昏庸无能，但刘备不一样，八年前，许都青梅煮酒，埋下了久除不去的祸根。正好，也趁此机会试试这把牛刀。

领兵的是夏侯惇，孔明任首席谋士。

博望坡一仗回来，夏侯惇就在我跟前炸了："丞相，快让那个小白脸回去种地吧。"作为武将的领袖，夏侯惇虽说长了副傲骨，但也不至于一场仗下来，就将相分裂成这样吧？

"到底怎么啦？"我问。

"怎么啦？"夏侯惇挥着手，像个村妇似的开始抱怨，"我好好的十万大军，追着刘备万把人马，一到博望坡，那个什么卧龙就把我拦住了。说刘备是丞相曾夸过的英雄，手下必定能人众多，博望坡不能进，进去必遭火攻。你说，这家伙是不是长他人志气，灭自家威风？不是丞相叮嘱，我真想临阵斩了他。"

"后来呢？遇到火攻了吗？"

夏侯惇的嗓音提高了八度："哪有什么火攻呀？到处都是水，连个火星都没见着。"

我召见孔明，问他对此事的看法。孔明说："博望坡里有水不假，但水里全是成熟的芦苇。随便一个谋士给刘备出出主意，使用火攻，十万大军必有去无回。"

是个谨慎的人。我默默地点了点头。

接下来，我亲率二十万大军兵发新野。这一次，曹仁为先锋，孔明为谋士。

三天后，在新野见到曹仁的时候，他第一句话不是表露战功，而是跟夏侯惇一样，不停地唠叨："丞相，夏侯将军说得没错，那家伙就是个银样镴枪头——中看不中用。我的五万大军一到新野，刘备望风而逃，留下一座空城。孔明居然拦着我死活不让进，说是其中必有诡诈。就刘备那点儿人马，在我五万铁骑面前，能玩个狗屁诡诈！"

"他说是什么诡诈了吗？"我好奇地问。

"那乌鸦嘴说晚上大军松懈的时候，一旦刘备使用火攻，新野就成了我们的火葬场。"曹仁一脸不屑。

后来，我又问孔明，为什么坚持认定刘备会用火攻？

孔明说："刘备那样的人，坐拥天时地利人和，居然没用火攻，这才是让我们惊讶的事呀。"

这话我就不爱听了。不错，青梅煮酒时，我确曾说过："天下英雄，唯使君与操耳。"但那不过是一句客套。就刘备那样，投吕布靠袁绍傍刘表，整日寄人篱下，连块地盘都没有，也算一个对手吗？

但我还是对孔明客气着，乱世用人，唯才是举，其他都不重要。孔明的一番隆中巧对，我还是认可的。

这一年冬天，刘备退守夏口，我率着二十万大军收蔡瑁灭刘琮，风卷残云，陈兵赤壁。刘备、孙权，我想跟二人会猎东吴，玩一场猫捉老鼠的游戏。

北方人不善水战，但我有的是战船，有的是出谋划策的谋才士。"凤雏"庞统就出谋划策，把一条条孤舟用铁索和铆钉维系在一起，上面铺上木板，宛如平地。不要说人，我的战马都能在江上跑了。始皇的伟绩，再也不是梦想了。

誓师大会上，我正慷慨激昂，孔明却不合时宜地出现了。"丞相，战船不可以这样连在一起。一旦刘备和孙权使用火攻，船和将士就成了死靶子啊！"

"火火火……"我扬起手中槊，指着孔明，吼道："先生出山以来，逢战必言火。你到现在见着一把火了吗？前两次我还以为先生谨慎，可现在，数九寒天，刮的西北风。一旦用火，烧的也是孙刘，你可明白？"

孔明摇了摇头："丞相，我夜观天象，近日风向有变。"

"大胆！"我火冒三丈，这家伙为了上位，简直疯了，不分场合给我难堪，"我敬你是个人才，今天不杀你。你从哪来回哪去吧！"

孔明还想争辩。我一挥手，几个侍卫冲上去拖走了他。

多年之后，我还是会想起赤壁这一幕，这该是我一生中最失败的一次决定。我驱走孔明后，天真的就刮起了东南风，一场漫江大火烧去了我半生荣耀。

我也尝试着寻找孔明，却再也找不到了。

"得卧龙者安天下。"而我，得到的时候没有好好珍惜。如今，英雄迟暮，怕是再也看不到那一天了。

给人生一个惊艳的假设

其实我只能算个岛主。因为我的国土是一座孤岛，它就像一只被同伴遗弃的鸟，孤独地飘零在茫茫的大海里。如果不是父王曾经告诉过我，如果不是读过书看过地图，我会以为世界就这么大了。

我的岛民靠打鱼为生，生活日日祥和，夜夜安宁，完全是一副世外桃源的样子。当年，父王退位时，曾对我说："管理这样的国家会很省心。你不必大兴土木修建监狱，也不必兴师动众招兵买马。你只需逢年过节带领他们做做祭祀，拜拜祖宗，这就够了。"

从父王手里接过王冠时，我偷偷地笑了。我喜欢这样的生活，每天待在宫里，读读书，做做赋，累了就让大臣们陪着，在岛上走一走。

平静的生活是在一次行走中被打破的。那次，我轻车简从，深入岛民中与民同乐。临走，我问了他们一个问题："你们对现在的生活满意吗？"出乎我意料的是，没有一个岛民点头。倒是一位年老体衰的岛民大着胆反问："陛下要听真话吗？"我说当然。于是他说："现在的生活也挺悠闲的，只是，日日打鱼晒网，什么时候才能像狮国那样富起来啊？"

狮国是离我们最近的一个国家。我没有去过，只是听几个打鱼路过那里的岛民说，那是一个富足的国家，民众饮食丰盛，衣着华丽，连打鱼都是坐着很大的船，而且不用手划。

回到王宫，我问智臣："怎样才能让岛民像狮国那样富裕？"智臣想了想，小心翼翼地说："陛下，有两个办法。一是卖了我们的镇岛之宝——王冠上的明珠，还有就是征讨狮国，分享他们的财富。"

　　我摇了摇头，对智臣的回答很不满意。王冠上的明珠是父王传下的，怎么可以卖呢？至于打仗，弄得生灵涂炭，民不聊生，也不是我所愿的。

　　致富的问题还没有理出头绪，麻烦又来了。岛民报告说，狮国的渔船侵入到我们的海域，强抢资源。我听了不以为然，不就是跑这里打点儿鱼吗？海里的鱼多的是，我们也吃不完，打就打吧。不久又有报告，说狮国的人不仅强抢资源，还占领我们的海域，不允许我们的岛民出海打鱼。

　　这就没有道理了。海域是我们的，我们反倒没有出海权了，也太欺负人了吧！我问智臣该怎么办。智臣说："人善被人欺，马善被人骑，陛下应该马上下令，招兵买马进行反击。""可是，我们没有钱啊？"我皱着眉说。"陛下难道忘了那颗明珠了？"智臣提醒道。我犹豫了一下。

　　"陛下，"智臣有点儿急了，"皮之不存，毛将焉附？如果国土没有了，明珠又怎么保得住呢？"

　　这个道理我懂。我把心一横，听从了智臣的建议。明珠卖后，智臣出主意让我诏令全国："凡应征入伍者，赏金币一枚，杀敌立功者，赏金币十枚，退敌者，无论身份地位，一律招入宫中，封侯封地。"

　　我得承认，智臣的主意是对的。诏令颁布几天后，岛上能拿得动棍子的男人都来了，群情激愤，一呼百应。尽管他们没有经过训练，盾不坚矛也不利，却一战成功，杀得狮国落花流水。

　　得胜后，我想收兵，智臣不同意："陛下，您应当一鼓作气拿下狮国，别忘了，岛民还等着过上富裕的生活呢。""可是，我岛国世代与人相安，侵略不是有违祖训吗？"我不太赞成智臣的意见。智臣劝道："是他们先侵略我们的，无所谓有违祖训。况且他们战败了，肯定不会善罢甘休，不乘胜追击便是纵虎归山。"

　　想想也是。于是犒赏三军，再战，一鼓作气占领了狮国。按照诏令，我把狮国的财富全分给了岛民。

　　拿下狮国，我的心态也发生了变化，智臣说得对，我现在再也不是那个孤岛的国王了，我应该做世界的王。

　　我像当年那个自称秦始皇的人一样，不断地拿出巨额的悬赏，号令岛民纵横天下，威加四海。不到两年的工夫，我的岛民就相继占领了虎国、豹国、熊国、狼国。至此，世界上除了猫国，全都成了我的天下。

　　猫国是个小国，它的面积并不比我的孤岛大多少。而现在，我的岛民不但兵强马壮，而且装备精良，一举拿下猫国应该不是难事。只是连日征战，岛民已经十分疲惫，我打算休整一段时间，再下令出兵。智臣却不这样想，他说："用兵贵在一鼓作气，再而衰，三而竭。我也知道部队很疲惫，但我们可以提高悬赏金额，重赏之下必有勇夫，望陛下三思。"

　　那就照办吧。出征那天，我没有亲征，而是派智臣去了，智臣说："杀鸡焉用牛刀，陛下，您就在家坐等着胜利的消息吧。"

　　我就等着。一个月后，王宫外响起了隆隆的炮声。一定是智臣凯旋了，我顾不得更衣，兴冲冲地去接。可是一出宫，我就傻了，那些严阵以待的士兵根本不是我的岛民，而是猫国的军队！我的智臣，正被他们五花大绑地押在囚笼里。

　　我拔出佩剑，想杀过去。没有用。猫国的士兵们很快将我围了起来。

　　被俘后，我忍不住问猫国的国王："我的岛民那么勇猛，武器那么先进，你们是怎么打败他们的？"

　　那位年轻的国王笑了笑，不说话，而是挥手让他的士兵推来一位被俘的岛民，然后打开了他的背囊。

　　那一刻，我惊呆了。那个用来装武器的背囊里，装的竟然是满满一袋子金币！

名医摆谱

早上一起床，我便开始忙活。我先是差人找来几个宫女，又找来一个举手投足酷似宫女的太监，然后把他们藏在帷幕之后。侍者们跟在身旁，茫然不知所措，平日里他们挺能察言观色，揣摩我心思的，可是现在，他们猜不出我的葫芦里卖的是什么药。

"去，把郭玉召来，朕要跟他玩个游戏。"望着侍者懵懂的样子，我在心里一阵窃笑。

郭玉是才从基层推荐上来的，推荐的那个家伙说，郭玉擅长诊脉，一诊而知百症，继而对症用药，药到病除。这话听着耳熟，很像那些游走江湖推销狗皮膏药的骗子们打出的广告啊。我摇头。我的太医院里太医成群，个个身怀绝技，可还没人敢夸这个海口。郭玉到底是骡子是马，我想遛遛。

郭玉很快就来了，一身便装，背着个药箱，白白净净的，模样倒还周正。"郭玉，"我开门见山，"听说你擅长诊脉，今天朕的几个妃子身体不适，你来看看如何？"

郭玉诺了一声，匍匐着，爬到厚厚的帷幕边，开始把脉。我瞅见他瘦弱的身子不停地抖动，像是很冷的样子。到底是基层来的，没见过大世面，我在心里一阵冷笑。

郭玉把脉把得很快，似乎一摸便知道了结果，把到第三个人，郭玉停下来，皱起了眉头。

"怎么啦？"我问。

"陛下，这几位都是妃子？"郭玉没答我的话，反问道。

我点头。

"可是，"郭玉犹疑了一会儿，终于鼓起勇气说，"脉有阴阳之分，臣观这个人的脉象异常，不像是女人啊。"

我一惊，撩起帷幕，果然是那个太监。

"先生真是神医啊！"我一把抓住郭玉的手，不停地摇着，"从今天起，朕批准你进入太医院了。"然后，望着目瞪口呆的郭玉，哈哈大笑。

不过，那件事之后，郭玉还是渐渐地淡出了我的视野。倒不是我忘了他，我这人忙完公务，常常喜欢带着随从，出去打打猎、赛赛马，身子壮得像头牛，极少给太医们一展身手的机会。

再次听到郭玉的名字，源于侍者们的一次告状。那天，我正跟皇后聊天，一个侍者跌跌撞撞地跑进来，禀道："陛下，不好啦，太子闹肚子呢。"

太子是皇后所生，皇后一听就跳了起来，急忙说："快去找太医啊。"

"对，"我也急了，"就找那个郭玉，让他给把把脉。"

"陛下，"侍者呼哧呼哧地喘着粗气，像是刚刚跑完马拉松，"奴才说的就是这个郭玉，奴才去找他给太子诊治，他竟然仗着陛下曾口头表扬过他，不但不愿到宫里来，还要太子换成老百姓的衣服，自己去他的诊所。"

"有这等事？"皇后不顾威仪，叫了起来，"这个郭玉居然敢到皇宫里摆谱。夸他两句就嘚瑟成这个样子，有了功劳，尾巴还不得翘到天上去？传侍卫，把他拉出去砍啦！"

我忙摆手，阻止了正在气头上的皇后。杀一个郭玉就像踩死一只蚂蚁，我想知道的是，郭玉为什么要这么做、为什么敢这么做。于是，我命侍者准备了两套百姓的衣服，我想带着太子，亲自到郭玉的诊所走一趟。

诊所就设在皇宫外的一条小河边，说是诊所，其实就是一间茅草屋而已。我们赶到的时候，诊所外已经排起了长龙，看来生意还不错。队伍里清一色的粗布衣衫，分不出高低贵贱。我领着太子刚想进屋，没想到人群骚动起来，一帮人挥着手，叫嚷着不许我们加塞儿。我气得直想乐，瞅瞅身上的衣服，唉，既然把自己扮成了百姓，那就排队吧。

一炷香的工夫，终于过去了。太子进去后，我就在外面等着，我不想吓着郭玉，治不好太子的病，我有的是办法治他。

太子很快就出来了，脸上是阳光般明媚的笑。

"怎么样？"我问。

"好了！"太子拍着肚皮，欢快地跳起来。到底是个孩子。

"怎么治的？"我将信将疑。

"把了把脉，然后扎了三针。"太子的语气很轻松，完全没有以往打针吃药时鬼哭狼嚎的惨相。

"这么简单？"我比第一次跟郭玉打交道时还要吃惊，看来，这家伙还真有两把刷子。

可是，我还是有些转不过弯来，毕竟，郭玉他摆弄的是太子，大汉的准皇上。"溥天之下，莫非王土；率土之滨，莫非王臣"，他凭什么这么大胆？

我跨进了诊所，想让郭玉给我一个说法，不然我的脸往哪儿搁？郭玉的记性还行，一下子就认出了我。他慌忙丢开手里的家什，一揖到地。

我没有扶他，也没有让他起来的意思，我想给他点儿颜色："郭玉，朕听说你最近谱摆大了，太子召你进宫看病，你非但不去，还要太子到你的诊所里来，来就来吧，还得换上什么百姓的衣服，有这等事吧？"

"回陛下，有。"郭玉居然理直气壮地回道。

"哦，那你给朕一个理由。"我的脸色立时沉了下来。

"是这样的，陛下。"郭玉往前凑了凑，直起了身子，"臣以前在乡下行医，每天打交道的都是些平头百姓，整日里嘻嘻哈哈无拘无束，手术时心里自然也就无波无澜，平平静静。但在京城就不一样了，尤其是进了皇宫，面对的都是龙凤之尊，地位的落差，让臣在诊疗时，心里常感惴惴，甚至产生恐惧，以致缩手缩脚，不敢大胆治疗，生怕一时失误引来祸端。陛下您说，这样的情境，于医于患是不是都太过残酷啦？"

　　原来是这样啊，望着郭玉那张真诚的脸，我长吁了一口气，豁然开朗。说真的，如果不是碍于万圣之尊，我真想上去拥抱他一下，这个郭玉。

发生在宋朝的医疗事件

先生一进讲堂，我就发现他的脚有点儿异常。虽然先生拄着拐，抿着唇，努力想把异样掩盖起来，但他微跛的样子和每走一步脸上显露出来的痛苦表情，还是逃不过我的眼睛。

我下了课，就只身去找先生，我想弄清楚原委。先生正一个人坐在炕上，往脚上贴着黑乎乎的膏药。瞅见我，忙把衣襟放下。我的心一疼："先生，您还怕我看见吗？"我从十多岁开始跟着先生念书，这么多年，情同父子。

先生的脸红了，略显尴尬地笑笑："也不是，我就是……怕你们担心。"

那天，先生告诉了我详情。原来，先生早些年得过脚气病，一直没有除根，只不过原来没有发作，不影响生活罢了。前几天，先生接了邀请，又出去演讲，回来的路上，淋了大雨，脚气病一下子发作，疼痛难忍。

我劝先生："那就去看医生啊，光贴膏药管什么用？"

先生摇摇头："你还不知道吗？城里就那么几家医院，还都是些治疗头疼脑热、腹泻拉肚的，摊上这么个疑难杂症，医生也头疼啊。"

也是。

"要不，我们找江湖郎中试试？"我提议道。

先生没有点头，也没有摇头。他大概是真的没辙了。

于是，我便开始找。利用课余的时间，约了几个要好的同学，在城里拉网式搜寻。几天下来，连个江湖郎中的影儿也没见到。同学提醒说，城里人大都不相信游医，不如到乡下去找。几个人又寻到乡下，别说，还真给找着了。是位姓程的游医，扛着白幡，上面写着：祖传秘方，专治脚疾。还是个专家呢，我们相视一笑，就他啦。

先生初见程游医，有些犹豫："我的病城里的医院都看不好，不知道程先生有什么高招？"

程游医从随身的箱子里掏出几根长长的银针，还有几个口小肚大的罐子，说："法子倒也简单，针灸，外加拔火罐。"

"针熨术？懂针熨先要懂穴道，看来程先生还是位高人哪。"先生一喜，如遇知音的样子。然后把衣襟一撩，"来，死马权当活马医，我这只脚就交给你了。"

我们都笑起来，没想到这个时候，先生还有心思开玩笑，跟讲堂上正襟危坐的夫子，真是判若两人。

针熨的时间不算很长，三炷香的工夫。程游医把银针和火罐从先生身上取下来时，我们都瞪圆了眼睛，望着先生。先生慢慢地从炕上爬下来，揉揉酸痛的腰，在屋里试着走了几步。起初还拄着拐，小心翼翼的，慢慢地就加快了步子。到后来，竟然连拐也丢掉了，像个孩子似的在屋里跳了两下，叫道："好啦！我的脚真的好啦！程先生真是神医啊。"

先生边叫边抓住程游医的手，使劲儿摇着，眼角竟然挂上了泪花。这是我第一次看见先生流泪，而且还是喜悦的泪。付诊费的时候，先生在屋里翻箱倒柜，折腾出一包银子，拎了拎，一股脑儿塞到程游医怀里。那大概是先生这个月的伙食费吧？我估摸着，足有诊费的十多倍。看来，先生这个月又要啃窝头就咸菜了。

把程游医送到门口，先生忽然又想起了什么，叫住程游医道："不行不行，不能让你这么空着手走。我得写首诗，聊表谢意！"

我们一惊，先生虽然写过不少诗，却很少拿来送人的，即便是本地的县长厅长，也在他面前碰过不少钉子。先生这次大概是真服了程游医了。

先生就写了，是首七绝："几载相扶藉瘦筇，一针还觉有奇功。出门放杖儿童笑，不是从前勃窣翁。"文不加点，一气呵成。程游医拿着诗，激动得直点头。我不知道他能不能读懂这首诗，但至少他该知道这首诗的价值的，因为来的路上，我告诉过他，先生就是大腕级的学问家朱熹。

送走程游医，先生余兴未了，竟然给我们放了两天假。先生说，两天后，他要给我们来一堂演讲。

两天后，我们整整齐齐地坐在讲堂里，等着先生。左等不来，右等不来，到最后，却等来了他的家人。家人急急火火地通知我们，课上不成了，先生足疾又复发了，而且比以前还要严重。

我们吓了一跳，慌忙赶到先生家。先生果然躺在炕上，不停地呻吟。怎么会这样呢？我们问先生。先生说："我们都被那游医给忽悠了，那家伙，治表不治里，害人不浅呀！"先生说这话时，咬着牙，恨不得把游医碎尸万段。

接下来，先生要我们分头去找，一定要把游医给找回来。整整三天，我们全班同学把城里和附近的村子翻了个底朝天，也没见到游医的身影。这家伙，定是打一枪换个地方，走了。

先生不依，先生说："找，哪怕找到天涯海角，也一定要把他找到。"

我猜，先生大约是心疼他的钱了。一个月的伙食费呢，白白打了水漂，搁谁不心疼？我劝先生，"既然已经这样了，我们还是放宽心吧。钱没了还可以再挣，身体要紧哪。"

没想到，先生急得一拍腿，嘶哑着嗓子大声说："傻孩子，你以为我是心疼那点儿钱呀？我只是想追回那首赠诗。不然，他拿着我的诗到处招摇撞骗，贻误患者，我岂不是成了帮凶，罪莫大焉？"

红颜

探子把消息报给他时，他吃了一惊。他原想着退下来的，以为不过是些散兵游勇，没想到竟会是十万金兵。看看自己统率的，算上那些后勤的伙夫，也才只有八千人马。

不是他怕，从穿上军装的那一刻，他就把脑袋别在裤腰上了，生死于他来说，就像是从一间屋子溜达到另一间屋子。他心疼的是他的兵，一个兵的背后站着一个家庭，八千士兵若是横尸沙场，他还有何颜面去面对一片哭声？

他的目光游移着，落在了夫人红玉脸上。从跟红玉在土地庙相识，他们就并着肩站在沙场上了。很多时候，红玉就像是一个罗盘，在风沙弥漫的荒野里为他指引着方向。

红玉握住了他的手，笑着，不说话。这是她的习惯动作，不管外面是风，还是雨，她都喜欢握着他的手，告诉他，他不是一个人在面对，而是两个人。红玉松开手走出大帐，一盏茶的工夫又折回来。他看见，她的手里多了一只盘子，盘子里堆着满满的白沙。

"这是什么？"他是个粗人，红玉脑袋里那些千奇百怪的念头，需要他像个小学生一样坐下来，仔细聆听，才会明白。

"你瞧——"红玉指给他看。他这才发现，细沙里还有一只虫子，小小的，却顽强地爬着，不知疲倦。红玉抓了把沙，把虫子埋了，过了一会儿，虫子又钻出来，精神抖擞。

"知道吗？"她说，"如果盘子里是泥土，也许会成了虫子的坟墓，但沙子没有凝聚力，就算是一条小小的虫子，它也埋不住。打仗也一样，现在的金兵，人心涣散，跟这盘沙子没什么两样。"

他的眼前一亮，那盘沙子成了他的定心丸，让他在排兵布阵的时候，沉着镇定得一如坐拥了雄兵百万。

战局一开始打得很顺，金兵像是惊弓之鸟，在他虎狼般的士兵面前，还没来得及抵抗，便被赶鸭子似的困进了一个叫黄天荡的地方。黄天荡里看似宽宽敞敞，实则是一个瓮，唯一的出口被他的战船堵得严严实实，就等着伸手捉鳖了。可金兵的统帅兀术没那么好对付，这个见惯阵仗的家伙，很快便摸清了他的实力。

接下来是一场恶战，疯狂的金兵像一群受伤的野兽，发起了攻击。他的兵渐渐地显出了疲态，这让他焦躁起来，如果不能鼓舞士气，胜负就成了未知数。一场车轮战结束的间隙，战场上出现了短暂的宁静，他看见士兵们七歪八倒的样子，松软得像是被抽去了筋骨。

鼓声就是在这时候响起来的。先是不疾不徐，像是一匹刚刚踏出围栏的战马。继而变得密集起来，由远及近，雄浑沉厚，撼人心魄。持鼓槌的是他的红玉，这个娇俏的女子，本可以跟其他女子一样，偎在温香暖玉的闺阁里描描女红，听听笙歌。而此时，她却身披软铠，在如蝗的箭雨里为他召唤着士气，置生死于度外。

鼓声整整持续了四十八天，金兵也整整被围困了四十八天，他终于在那场力量悬殊的对决中赢得了胜利。

接下来该总结了吧，该汇报了吧，该等待封赏了吧？可是，他没有料到，等来的却是红玉的弹劾。红玉在亲笔书写的奏章里，那么决绝地把他的失误拿放大镜映射出来，而把他舍生忘死赢来的胜利踩在脚下。

不就是跑了金兵的头目兀术吗？他想不通。这个同床共枕的女人，举手投足像是一道谜题，总是在他的生活里不断制造着意外。

　　他开始给红玉冷脸，作为男人，没有动拳脚，他觉得够给她面子了。红玉却不恼，依然回敬着温和的笑，逼急了，便没头没脑地抛出一句："这辈子，能和你待在一起，就是幸福。"这句简简单单的话，直到后来，他的好友岳飞因"莫须有"的罪名饮恨含冤，他才慢慢地懂得了她的心，知道她是因为爱他，才不愿让他浸淫功名。于是，他辞官，携了红玉归隐田园。

　　没事的时候，他喜欢望着天，傻傻地想："都说红颜是祸水，说这话的，大概都是些没能娶上个好老婆的男人吧？"然后是一阵痴痴的笑。

飞越紫禁城

正德皇帝朱厚照最近一直在为自己的身份犯愁。皇帝的冠冕像一把沉重的桎梏，整天压得他喘不过气来。他的理想不是衣冠楚楚正襟危坐的庙堂，而是八千里路云和月的远方，是横刀立马快意平生于百万军中取敌将首级的将军。为此，这位二十七岁的帝王已经整整准备了两年。

两年来，朱厚照一直没怎么闲过，他每天从御林军里挑选一帮士兵，在宫里习练骑射，操演阵法。经常有人看到这位万乘之尊的皇帝，跟士兵们摔抱在一起。这种行为忙坏了那帮御史，骂人的奏章像雪片似的砸向朱厚照的御案，说他这是耽于嬉戏不务正业，是在拿大明的江山开着并不好笑的玩笑。在他们看来，如果大明的江山是一条船，那么皇帝的工作是当好舵手而不是摇橹或者撒网。

正目也好，侧目也罢，朱厚照不在乎。他依然故我地把自己操演成了一位将军，或者说，他自己觉得已经具备了饥餐胡虏肉渴饮匈奴血的将军资格。

然而，一切都没有什么意义。因为他现在连紫禁城的大门都出不去。

他的老师杨廷和，还有内阁大臣梁储、蒋冕，这帮年届七旬的老家伙，早就洞悉了他的那点儿小心思。他们派了一帮人像狗皮膏药似的黏着他，让他逃无可逃。朱厚照想不明白，出去当个将军怎么了，领兵打个仗又怎么了，自己又不是一只鸟，凭什么被你们圈在牢笼里按部就班吃喝等死？

办法很快就有了。朱厚照一起操练的那帮武士里，有一位叫江彬的将领，鬼心眼儿多得像蜂巢。他鼓动朱厚照偷偷换掉了德胜门的守卫，然后在一个月黑风高的晚上，换了便装，策马如飞逃出了紫禁城。

第二天一早，消息传来，内阁大臣梁储、蒋冕，两个老头子当时就吓哭了。能不哭吗？那时距土木堡之变明英宗被俘还不到七十年，朝臣听到皇帝外出就禁不住神经过敏。

不过这哭声，朱厚照是听不到了。他像一只脱笼的鸟，在属于他自己的天空翱翔着，自由地呼吸着紫禁城外的空气。

"皇上，我们去哪儿？"江彬问。

"出居庸关！"朱厚照甩着马鞭，意气飞扬。

江彬吓了一跳："居庸关外可是蒙古的铁骑呀？"

"找的就是那帮家伙！"朱厚照神情亢奋。

居庸关前，两个人跑不动了。守关的人是巡关御史张钦，他抱着朱厚照亲赐的宝剑，坐在关门旁，任谁在他耳边威逼利诱，只冷冷一句："敢言开关者，斩。"

朱厚照像一只没头苍蝇，骑着马在关门前来回打转，一边指挥江彬大声叫门。江彬冲着关门喊："张钦，陛下有旨，打开关门，赐三品侍郎！"

居庸关前一片沉寂，没人搭腔。江彬又提高了嗓音："打开关门，赐二品尚书！"

关门依然没有动静。江彬有些恼羞成怒，吼道："大胆张钦，竟敢抗旨！难道你就不怕脑袋搬家吗？"

回答他的除了回音，就是一两声孤独的鸟鸣。张钦静静地坐在关门内，安之若素。关门不开，皇帝不能出关，他违抗天子命令，罪当死；打开关门，放皇帝出关，万一出什么事，罪也当死。两难之间，张钦选择了闭关，他愿意舍身以求不朽。

朱厚照动用了各种各样的办法，可是在张钦一不怕诱二不怕死的精神面前，一一瓦解。朱厚照没脾气了，只能怏怏回宫。

大家都长舒了口气，以为没事了。谁也没想到，二十天后，朱厚照趁张钦外出巡视、不在居庸关的机会，再次夜奔，成功出关。

出居庸关，是为了等一个人——蒙古小王子。几年来，朱厚照的耳朵里塞满了蒙古小王子的名字。正德六年三月，小王子率部五万入侵河套，击败边军而去。十月，小王子率部六万士兵入侵陕西，抢夺人口牲畜万余。正德七年五月，小王子率部进攻大同，攻陷白羊口，抢劫财物离去。正德九年九月，小王子率部五万士兵进攻宣府，攻破怀安，纵横百里，肆意抢掠，无人可挡。

朱厚照磨刀霍霍，他想试试，紫禁城的龙和草原上的鹰，哪个才是主宰这片天空的王！

他终于等到了，两个月后，蒙古小王子叩关来袭。其时，奉命迎敌的大同总兵王勋只有一万人，但他接到朱厚照的命令却是："正面迎击，不得后退！"王勋当时就蒙了，以蒙古军的实力，这是要让他为国玉碎呀。果然，蒙古军风卷残云，很快就把王勋包围了。不过王勋不知道的是，朱厚照已经暗地调集辽东、延绥的大军，对蒙古军实施了反包围。

正德十二年十月，战争在山西应州打响。当那些彪悍的蒙古兵出现在朱厚照面前，雪亮的战刀闪着耀眼的光，朱厚照的神经被彻底刺激兴奋了。双方大战几天，朱厚照深入敌阵，纵横驰骋，据说还亲手斩敌一人。这场战斗，明军取得了杀敌十六名，己方伤五百六十三人、亡二十五人的战绩。这当然也算得上一次胜利，因为蒙古军终于被击退了。

更重要的是，这场战斗为朱厚照赢得了吹牛的资本。他逢人便翘着大拇指，得意扬扬地说："朕还在百万军中取过敌将首级呢。"

当然，这话是他自己说的。你爱信不信。

春风沉醉的晚上

1587 年，春。

一天傍晚，正要下班的内阁大学士申时行接到了太监传来的圣谕，让他加会儿班，到皇极殿谈点儿政事。

申时行听后一时悲欣交加。算一算，上次见到万历皇帝，已经是半个月前的事了。半个月来，万历皇帝像个任性的孩子，把自己关在大殿里，歇了早朝，不问政事。满朝大臣都快急疯了，奏章一道接着一道，最后全都转到了申时行手里。没办法，谁让他是首辅呢！

申时行清楚地知道万历皇帝的心结。皇后无子，二十五岁的万历皇帝疯狂地迷上了妃子郑氏，一心想要立郑氏的孩子为太子。看似一件简简单单的事情，前面却横着满朝大臣如山的奏章，没有一个人接受万历皇帝的任性。皇位继承顺序向来"立嫡、立长、立贤"，皇后无子，可还有皇长子呢。虽说是万历皇帝一时兴起与宫女的结晶，但他身上流淌的也是皇家的血，怎么可以视若空气？

申时行也是不同意的。申时行的性格不同于他的前任张居正，张居正的身上有着激进、强硬、独裁的一面。申时行与他正好相反，他稳重、谨慎、谦和，甚至被一些人诟病为和事佬、不作为。说就说吧，申时行心里有自己的算盘，风雨飘摇的大明王朝，再也经不起任何折腾了。

对于大臣们的诘难，万历皇帝没有动用帝王的权威一意孤行，而是像个孩子似的赌起了气，再也不理朝政了。

这一次，万历皇帝能够亲召，申时行觉得进言的机会来了。

　　万历皇帝坐在太极殿里，他没有像朝堂上那样正襟危坐，而是很随意地偎在龙椅里。见到申时行，没有客套，当头一句："朕今天看到辽东巡抚的奏章，说他注意到一个建州酋长正在开拓疆土，吞并附近的部落。他觉察到养虎将要贻患，就派兵征剿，却出师不利。为什么不让兵部派能征善战的将领御敌？"

　　这件事申时行是知道的。当时之所以出师不利，是因为领兵的将军想以安抚为主，根本不想大动干戈地剿杀。这样的主张朝中很多大臣都是默许的，包括他申时行。国家这么大，随便哪个地方都有一两个捣乱分子，成不了什么气候。一有风吹草动，就兴师动众，经济还怎么发展？老百姓还怎么生活？

　　但是，面对万历皇帝的诘问，他并没有急着亮明自己的观点，而是中规中矩地回答："朝廷能打仗的武将，都在边疆，臣正在想办法招募武将。"

　　"为什么非要武将？杜预、诸葛亮都是文臣，仗打得不是挺好的？"万历皇帝不依不饶。

　　"像杜预、诸葛亮这样文臣打仗的例子，毕竟是个例。不过皇上的话臣会转告兵部。"申时行答。

　　"前段时间不是选了一位武将吗？"万历皇帝又问。

　　"是选了一位，不过年纪太大了。"

　　"赵国的廉颇年纪也大，不是照样带兵吗？"

　　"皇上英明，打仗在谋不在勇，臣记下了。"面对万历皇帝的咄咄逼问，申时行偷偷抹了把汗。

　　许是觉得自己过于严苛了，万历皇帝看了申时行一眼，随手拿起一本奏章，漫不经心地转移了话题："最近御史很敬业呀，居然参到朕的头上。说朕好酒，男人谁不喝酒呢？不误事就行了啊。又说朕好色，不就是说朕喜欢郑氏？她又不是妲己。最可笑的是还说朕受贿，天下都是朕的，朕还会贪谁那点儿小财？"

申时行忙回道："无知小臣，道听途说，皇上不必在意。"

万历皇帝沉着脸说："他怕是要以此沽名钓誉吧？"

申时行连连点头："他既然想要沽名，皇上如果处罚，反倒成全了他，不如不理他就是。"

万历皇帝不语，似在想着心事。

申时行见缝插针，忙奏请道："皇上，臣工们已经多日未见天颜，不但臣一肚子话想跟皇上讲，大家也都是。皇上还是开了早朝吧。"

万历皇帝皱了皱眉，捶了捶腰，叹了口气说："朕何尝不想上朝，只是这身体不争气，动不动腰酸背痛，实在是有心无力呀。"

没等申时行接话，万历皇帝又杀了回马枪："听说那个辽东巡抚还想再次派兵征剿，却被朝中的御史参劾，说是故意虚张声势，劳民伤财。先生以为呢？"

经历了一番折腾的申时行思绪很快上了轨道，和事佬的本性又蠢动起来："皇上，臣知道作乱的酋长。四年前李成梁将军攻破古勒寨，杀了他的祖父和父亲，他不过趁着机会想报复一下。就他那点儿人马，充其量就是一股贼寇，蹦跶几天，随便给他个什么职位安抚一下，也就完事了，哪用得着派兵剿杀呢？至于参劾的巡抚，本也没什么罪过，如果追究起来，反倒容易引起内外官员的不睦。皇上不如趁此机会，两边奖罚相抵，不予追究，也让做臣子的知道皇恩浩荡。"

万历皇帝抚着额头，沉默不语。申时行见机，又开始进言："臣倒是觉得，立储君的事，才是眼下当务之急。"

沉思中的万历皇帝听了这话，忽地从龙椅上站起身，像是对申时行又像是自言自语道："朕这两天浑身乏力，太医寻了一个方子，刚才煎了一服药，这会儿也该喝了。"

万历皇帝离开后，申时行也开始踏着夜色往回走。边走边想，虽然没有劝动皇上，但今天的谈话，总算是没出大的纰漏。心情一时就在春风里荡漾起来。

这时候的申时行做梦也不会想到，四年后，他拒绝剿杀的那位酋长创建了八旗，二十年后，又创建了后金，起兵反明。他的名字叫努尔哈赤。若干年后，他的庙号则为清太祖。

皇帝是只什么鸟

万历皇帝最近又摊上了烦心事，他发现自己居然迈不出紫禁城了。

"溥天之下，莫非王土；率土之滨，莫非王臣。"怎么到自己身上，一切都颠倒了呢？万历皇帝想不明白。就说立储吧，本是自家的事，与臣子何干？可是吵了十多年，不但性格温和的内阁首辅申时行不赞同，言官们更是驳声一片，甚至有人公开骂妃子郑氏是现世妲己，祸乱朝纲。若不是大明律法规定言官不因言获罪，二十八岁血气方刚的万历皇帝早让他们脑袋搬了几次家了。

既然喜欢的事做不成，那就出去走走，散散心吧。

那天，万历皇帝召来申时行，摊出了自己的想法。他想先获取首辅的支持，然后再昭告群臣。没想到申时行一听，想都没想就摇起了头："皇上，臣以为现在不宜出宫。"

"为什么？"万历皇帝不解。

申时行轻轻咳了一声，小心地理了理思绪，说："皇上，现在政局不稳，西北、西南、辽东都在打仗。皇上出门，难保不会有奸佞之人动了妄想，实在太过危险。"

万历皇帝笑了："难得先生想得这么周到，那朕就不出远门，只到先帝的陵园去祭一祭。"

"皇上不是刚去过吗？"申时行语气里透着抗拒。

"刚去过？"万历皇帝腾地从椅子上站起身，掰着手指对申时行说，"朕上次去的时候是十六年（万历十六年），如今都已经两年多啦！"

"是臣失言。"申时行望着万历皇帝急红的脸，调整了一下思路，"皇上一片仁孝之心，天地可鉴。不过，臣记得皇上已经祭拜过三次帝陵了。此去帝陵，路途虽算不上遥远，但山路很多，车马轿子行走不便，恐有伤圣体……"

"先生多虑了。"万历皇帝打断了申时行的话，语带讥诮道，"先生难道忘了，十三年春，天坛祈雨，朕可是徒步去的？"

申时行说："臣没忘，皇上那次徒步祈雨，万民夹道，留下了不少佳话。臣不是疑虑皇上的龙体，臣是说，皇上既然已经祭拜过三次帝陵，也就没必要圣体躬亲，选派一名得力大臣，替皇上表达仁孝之心即可。"

万历皇帝盯着眼前这个以敦厚温和著称的首辅，一时恼也不是恨也不是。半晌，才幽幽地说了一句："朕看此事还是明日拿到朝堂上议议吧。"

第二天，朝堂上。万历皇帝一开口，下面就乱成了一锅粥。尤其一帮御史，在立储的问题上受了不少窝囊气，这下有了口实，一个个摩拳擦掌，唾沫横飞，恨不能淹没眼前这个不守纲常的皇帝。

一位御史说："皇上觉着出巡不是什么大事，可您知道吗，出巡一次，文武百官都要跟着，算上侍卫随从车马轿，浩浩荡荡数千之众，需要耗费多少钱粮？这且不说，提前三个月，巡城士兵、锦衣卫就要沿道清理闲杂人等，以致民怨沸腾，实是劳民伤财呀。"

万历皇帝辩解道："朕上次祭陵，百姓们不是反响很好吗？至于声势，完全可以从简，没必要弄得那么浩大。"

御史反驳道："皇上上次到昌平，沿途的百姓之所以感念圣恩，是因为皇上免了他们的赋税。这次，皇上又能免他们什么呢？难不成来个荫子世袭？"

朝堂上一片笑声。万历皇帝不安地扭着身子，脸涨成了猪肝样。

御史又说道："皇上说的轻车简从，这似也不当。皇上出巡，自然不同于庶民百姓，三五个人，一辆牛车，足矣。那是要关乎大明的脸面和尊严，还有皇上的圣体安危。"

万历皇帝忍着怒气，沉声质问道："朕就不相信，区区百里，能耗费多少钱粮？"

话音刚落，户部管理钱粮的大臣站出来，朗声答道："皇上，容臣详禀。十六年祭陵，前前后后拢共花销六十万两。这还不算免除的沿途百姓赋税。这几年，赋税越来越难收缴，每年收到国库的银子大约二百八十万两。偏偏这两年各地灾祸不断，西北的旱灾、流寇，蒙古、辽东等族骚扰，一年就要多出上百万的开支。再加上疏浚河道、军费、官员们的俸禄这些固定开支，每年就要四百万两，国库入不敷出。皇上，不必要的开支，能省则省啊。"

几位大臣跟进附和。朝堂上一边倒的局势让万历皇帝十分难堪。他半是羞恼半是赌气道："朕不用国库的银子，这银子朕让宫内出。"

御史不依不饶，站出来应声呛道："皇上，宫内能拿得出这么多银子吗？就算能，这银子也是国家收缴的赋税，宫内产不出银子吧？"

这话成了压倒万历皇帝的最后一根稻草，他拂袖而起，厉声斥道："这也不行，那也不行，朕还是皇上吗？朕的话还是金口玉言吗？这次出巡朕主意已定，你们准备就是，再有阻拦者，斩！"

说完，头也不回，走了。

三天后，万历皇帝正在宫中闲坐吃茶，太监慌慌张张地奔进来，语无伦次地说道："皇上，出大事了。文武百官几百人跪在午门外，说皇上不答应，就不起来。"

"答应什么？"

"答应……不出巡。"

万历皇帝怔了一下，然后狠狠地摔掉手中的茶盏，吼道："朕名义上是天子，实际就像一个囚徒，一个牌位，一个摆设，一只金贵的鸟养在紫禁城这巨大的笼子里，再也无法展翅。"

　　顿了一会儿，万历皇帝摇了摇头，长叹一声，对伏在地上战栗不已的太监说："去告诉那帮人，他们赢了。"

　　从此，整整三十二年，心灰意冷的万历皇帝再也没有踏出紫禁城一步。

银子从哪儿来

一坐到办公桌前，崇祯皇帝就开始头疼。桌上如山的奏章里，几乎都是一件烂事——要银子。辽东的皇太极时不时过来骚扰一下，派去的十万大军却不能一心一意御敌。因为没钱发军饷呀，士兵都三个月不知肉味，一个个无精打采。最要命的是西北，已经连续两年没见一滴雨了。从知县到皇帝，大家不知给龙王磕了多少头、作了多少揖，屁用也没有。陕西巡抚的奏章里全是眼泪，说是再拨不出赈灾的银子，饥民就要变成暴民，揭竿造反了。

崇祯皇帝开始召集大臣们开会，这是十八岁的崇祯皇帝坐上龙椅的第二年，满脑子的理想和抱负，全在空荡荡的国库前折戟沉沙了。三个臭皮匠顶个诸葛亮，那就开会吧，听听大家的意见。

意见很多、很杂，朝堂上一片喧嚣，像是唱堂会。一阵面红耳赤的争论后，思路渐趋明朗，乱七八糟的矛头终于有了一致的朝向。这是明显的领导不作为呀，身为陕西巡抚也好、辽东总兵也罢，工作里什么样的情况都该考虑到，如果整日都是春和景明风调雨顺，拴条狗都能管理，还要你们这些领导干什么？

"所以呢？"崇祯伸着脖子问。

"所以应该弹劾他们，追究他们不作为的罪过。"言官振振有词。

"弹劾之后呢？灾情就没了吗？银子就有了吗？要不派你们去接管？"崇祯步步紧逼。

朝堂上一下子静下来。刚才还唾星横飞的一帮人，面面相觑，都慌忙勾下了头，生怕皮球踢到自己脑袋上。

崇祯皇帝大怒，手指着群臣，从左到右，从右到左。半晌，才摇一摇头，压了怒火说："朕是要你们来解决问题的，不是追究谁的责任。事情紧迫，大家都想一想，赈灾和军饷的银子从哪儿来。"

一阵交头接耳后，一位御史站了出来，进言道："臣觉得该从吏治入手。当今官场，从上到下，不少科场作弊买官卖官者流，臣身为言官，几个月之内就推掉了几百两的贿银。如严加查处，定能为国家挽回不少损失，以解燃眉之急。"

崇祯皇帝来了精神，以嘉许的语气问道："那就快说说，怎么查？从哪儿开始？"

话音刚落，朝堂上又炸了锅。平心而论，大家都有点儿心虚，多多少少的，谁没有湿鞋的时候呀？查贪官，不是砸大家的饭碗吗？群臣的矛头一起对准了出歪主意的言官。吏部尚书尤为不满，他是负责官员任命的，说吏治腐败，不就是说他失职吗？他站出来，反唇相讥道："既然大人说贪腐的人不少，那就请列出具体的名单吧。"

这话像是一记闷棍，言官当时就傻了。他不过就是出个主意，没想着把矛头指向具体的人。

言官说不出话，崇祯皇帝的脸又拉了下来："说几个吧。"

言官无奈，只好胡乱说了几个名字。

吏部尚书一听，哂笑道："这几个都是查处过的，家都抄了，难道你还帮着藏了些银子？"

朝堂上一片笑声。

崇祯皇帝见状，对着张口结舌的言官拍了桌子："既然什么也说不出来，那就回家思过吧。"

这件事算是过去了。但银子的事还在，还需要大家发扬臭皮匠的精神。沉默了一会儿，一位叫刘懋的官员站了出来，提议道："皇上，可以清理驿站呀。"

这话点醒了大家，朝堂上又热闹起来，大家纷纷唱和。驿站就是朝廷在各地设立的招待所，专供传递官府文书的差役或来往官员途中食宿、换马。级别不高，开支却很庞大。因为除了正常的公务，更多的时候，驿站成了朝廷官员及其家属们外出游览的落脚点，大把的银子就这样白白流掉了。

朝堂的官员之所以赞同清理驿站，也是因为没有更好的办法了。况且谁也不是天天外出，紧急关头，能凑合就凑合吧。

难得大家意见统一。崇祯皇帝立时下旨，那就实施吧。

办法虽然不好想，可一旦有了，事情做起来倒很简单。所谓的清理，不过就是压缩一点儿旁逸斜出的开支，关闭几家可有可无的驿站，再开除一些无关紧要的人员。事情办得雷厉风行。

一年后，上报成果，全国裁减驿站二百余处，遣散驿卒上万名，节约银子八十万两。

崇祯皇帝很高兴，不管怎么说，总算是见点儿效果了。

在那些被遣散的驿卒里，有一位陕西籍的人，他垂头丧气回了家。因为旱灾，地也种不了，一家人食不果腹。没办法，换个工作吧，他揭竿而起，加入了暴动的民军。十四年后，他带领人马攻进北京城，把砸了他饭碗的崇祯皇帝赶上了紫禁城外的煤山。

他的名字叫李自成，绰号"李闯王"。

这是当年大刀阔斧的崇祯皇帝万万想不到的。

生死约

刀客端坐在磐石之上，四周是葱郁的竹林，偶尔有鸟啼滑过林梢，为这肃杀的氛围涂抹了一线生机。

刀客已经在这块磐石上端坐了十年。十年前，青龙山论剑，当时身为青龙派盟主的刀客受到江湖魔头如风的挑战，两个人在青龙山下恶战了三天三夜，刀客终因体力不支，被如风削去了一根手指，刀客一世英名毁于一旦。

离开青龙山时，刀客对如风说，三十年后，我还在这儿等你，我会让你偿还我一根手指。

为了这场约定，刀客带着三个贴身徒弟隐匿深山。刀客在练一种绝技，人刀合一，刀随心动，意念杀人。练成这种绝技，须过三关：快、稳、狠。

第一缕晨光洒落在刀客脸上，酥酥痒痒，刀客眉梢轻挑，衣袂飘飘，整个人像一颗弹出去的石子，一股森然之气在竹林里荡过。没有人看清刀客是怎样出的刀，眨眼之间，刀客又回到了磐石之上，双手合十，气定神闲，鼻息丝毫不乱。少顷，竹林里响起一阵裂帛断竹的声响，铿锵悦耳，十多棵碗口粗的竹子轰然倒下，断口平展，整齐划一。

大徒弟在一边击掌叹道，师父好快的刀！刀客的嘴角微微一挑。大徒弟说，师父可以出山了。刀客摇了摇头，单凭刀快胜不了如风。大徒弟说，如风也许等不到那一天了。刀客眉头一蹙，此话怎讲？大徒弟说，现在有十多个武林高手寻到青龙山，欲夺盟主之位，据说三日后将群斗如风，如风休矣。刀客身子一震，微闭的眸子忽然睁开，目光如炬，给我备马！大徒弟说备马做甚？刀客说，你只管备马就是！

　　刀客赶到青龙山时，青龙山上已是刀光剑影，尘烟滚滚，遍地都是身首异处的残尸。刀客没有片刻犹豫，挥手出刀，疾如电闪。一场恶斗，地上又多了十多具尸体，夕阳里，只留下刀客和如风两个血淋淋的身影。

　　为什么要救我？如风问道。

　　我不是救你，我是要你等着我们的约定。刀客将刀插入鞘中，面无表情。

　　你满可以借着他们的手杀了我，何必等到三十年后？如风不解。

　　刀客凛然一笑，你以为男人的话也像一阵风吗？记着，你还欠我一根手指。说罢打马扬鞭，不见了踪影。

　　转瞬又是十年，刀客端坐在磐石之上，竹林中有风吹过，飒飒作响。离刀客三丈开外，吊着三根丝线，丝线上拴着三只苍蝇，嗡嗡有声。一滴晨露落在刀客的脸上，清清凉凉的，绷紧的皱纹便如菊花般绽开。刀客腾身而起，有金属的光泽在竹林里划出优美的弧线。然后，刀归鞘中，人坐石上。

　　大徒弟奔到苍蝇前，啧啧有声，师父，成功了！

　　三只苍蝇被齐根儿斩去羽翼，肉身却丝毫未伤。刀客轻吐一口浊气，身子忽然一蜷，从磐石上摔了下来。

　　竹林方圆百里痢疾流行，山下已有多人毙命，刀客和徒弟也未能幸免。只几天的工夫，两个小徒弟猝然病逝，只有大徒弟侥幸，躲过一难。

　　刀客躺在床上，气息奄奄。大徒弟在一旁暗自垂泪，束手无策。刀客淡然一笑，说，放心，我死不了，我还等着那个约定呢。大徒弟说我们没有药。刀客说有。大徒弟说在哪儿？刀客说在我心中。

　　一月后，刀客神奇般痊愈，硬朗如初。

　　三十年白驹过隙。

　　依然是那块磐石，依然是端坐的刀客，只是红颜已逝，须发飘雪。大徒弟拖过一只竹笼，打开来，放出三只野兔。野兔求生心切，朝着三个方向窜进竹林。

大徒弟说好了。刀客的长须抖了抖，刀尖灿然点过磐石，人如苍鹰般掠起，飘进竹林。转眼工夫，刀客回转，手里拎着三只兔头，鲜血淋漓，刀刃上寒光闪闪，竟然滴血不沾。

大徒弟说，师父，时候到了。刀客仰首望天，半晌，长啸一声，气震山野。刀客说，备马！

青龙山下，早有一人在那儿候着，却不是如风！

如风呢？刀客问。

那人双肩一颤，两行热泪爬过脸颊，师父他……他三天前已经去了。

什么？刀客一惊，如风死了？

那人点头。

怎么死的？

无疾而终。

说罢，那人从怀里掏出一只锦盒，递给刀客。

刀客打开，锦盒里卧着一根手指，惨白如纸，隐隐间蛇一样蠕动。

那人凄然说道，这是师父临终前要我交给你的，说是他欠你的东西。

捧着锦盒，刀客怅然而归。

三天后，刀客在磐石上练功。大徒弟去喊刀客吃饭，连呼三声，不见动静，伸手一拉，刀客颓然倒地，身子已经僵硬多时。

那一年，刀客八十有七。

窑镇传奇之神镖

　　清朝末年，在窑镇上，没有人不知道神镖空空。平民百姓闻之欢呼，土匪恶霸闻之丧胆。但大家只是闻其名，少有人能见到其人。

　　传闻空空身上有三支镖，镖长三寸，银光闪闪，上面刻着"空空"两字。空空出镖，疾如电闪，向来都是一支置对方于死地，从来不二。

　　但有一次例外。那次空空接了一个差，要去刺杀青龙山上的一名女匪。女匪素日里抢劫来往客商，霸着山路收取买路钱，十里八乡的百姓都难得安宁。空空摸清了女匪的行踪，就埋伏在郊野里，等着女匪的人马走进了视野，空空扬手甩出一支镖。镖刚刚脱手，空空忽然发现女匪已经身怀六甲，肚子明显地隆起。来不及多想，空空扬手又甩出了第二支镖，将第一支镖打落。直到三个月后，女匪产后满了月，空空再次出手，取了女匪性命。从此，空空"侠骨柔肠"之声名鹊起，附近州县来找空空托差者络绎不绝。

　　空空接差，从来不与授差人见面。授差人只需将要杀之人的名字和住址写在锦帛之上，连同酬金一起放在窑镇东南二里外的关公庙，三日之内，空空就会看到。空空不是什么样的差都接，看到名字，空空会先去调查一番，了解一下要杀的人的生平为人，倘若是行事端正、与民为善的仁者，空空便会拒绝接差，锦帛和酬金丝毫不动，授差人自己取回。倘若对方是个行为暴戾、人皆唾弃之徒，空空便会取走锦帛和酬金，不出意外，三日内便会完差。

　　几年来，空空接差无数，从来没有失过一次手，也没有失过一次信。空空掰掰指头，算出自己已经接了九十九起红差，空空决定再接一次差，然后金盆洗手。不是空空不想做下去，是空空爱上了一个女人。

女人是空空在一次行差途中救下来的。一个土豪公子在庙会上强抢了一个女子，回去的路上，恰好碰上行完差的空空，空空刺杀了公子后，将女人救了下来。女人自称父母双亡，孤身一人，感念空空救命之恩，仰慕空空英雄之名，遂以身相许。

空空起初不答应，渐渐地见女人娇若桃花，柔似杨柳，冰清玉洁，聪慧伶俐，便也萌生出了爱怜。空空不是圣人，但凡男人有的凡心，空空也有。空空便听了女人的劝，再接一次差，便与女人远走他乡，安度余生。

七日后，空空在关公庙看到了第一百个托差的锦帛，锦帛上要杀的是五十里外赵家庄的庄主赵涟。空空查访了一下，赵涟也是一方恶霸，仗着官府里面有人，便四处放贷盘剥乡邻，村里人都是敢怒不敢言。

空空接了差，回来后，空空把托差的锦帛放在卧榻下面，然后出门闲游。晚上，空空进了门，看见心爱的女人坐在灯下哭泣，桌子上放着那面托差的锦帛。空空有些纳闷，询问女人究竟。女人哭着讲述了自己的身世。原来此次空空要杀的赵涟就是女人的生父，只因为女人看不惯父亲的作为，数次规劝无效，一气之下离家出走。现在见空空要杀的竟然是生身父亲，女人很是悲戚，虽然心里恨父亲，可毕竟有着生养之恩啊。

空空听了有些动容，可是，要想退差已经不可能。江湖里的规矩，接差后就要行差，退差无异于自臭声名。

夜色里，空空一个人对着明月，心乱如草，不时地飘出几声叹息。虽然更深露浓，空空也毫无睡意。不知道什么时候，女人悄然来到了空空身边，把一件长袍披在了空空的身上。

女人问，想出结果了吗？空空摇头。是不是很难？女人再问。空空一笑，不语。女人说，我倒有一个办法，不知道是不是可行。空空回过头，眼里掠过一丝光亮。要是能碰到一个拦差的人，战败了你，你是不是就没有办法行差了？空空说是，虽然这样也有损声名，但毕竟没有败了江湖规矩。可是，空空又说，上哪儿去找能躲过我飞镖的人？女人说我来躲。空空大笑，你开什么玩笑？女人说我没开玩笑。空空惑然地盯着女人的脸，你怎么躲？女人说，我站在离你三丈远的地方，你等我的手伸到咽喉处，就出镖，用力一定要适度，把镖发到我的手里，外人断不会看出其中端倪的。空空大喜，一把将女人揽入怀中。

为了以防万一，空空与女人在夜色里操练了几次，都得到了成功。

次日，消息不胫而走，窑镇及附近州县的人闻风而至，一是为了亲眼看看神镖的风采，再就是为了看看谁有这样大的本事，敢拦空空的差。

晨曦飘过，树林里金光涌动，一片空场上，黑压压挤满了人。空空脸上蒙着一张面具，头上顶着斗笠，背对着众人，玉树临风一般。三丈远的地方，一名女子面罩着黑纱，一身青衣。一炷香的时间流过，众人都屏住了呼吸，目不转睛。

空空终于开了口，闪开。声冷如铁。

女人不动。

空空又说了一句，闪开。声震林野。

女人依旧不动。

空空说这可是你自找的，怪不得我了。说完轻轻侧身扬手，一道银光闪过，呼啸有声。

女人忽然向前冲去，飞镖直插进她的咽喉，血流如注。

空空面色大变，半晌才回过神来，连忙扑过去，抱起了女人，泪眼灼灼，叫道，为什么？你为什么要这样？

女人握住空空的手，一朵笑在脸上飞鸟般掠过，你终于可以功成身退了，答应我，以后不要再去杀人。一语言罢，合上了双眸。

林中荡起一声长嘶，惨烈无比。

三日后，赵涟死在了家中，咽喉处插着一支飞镖。

从此，空空不见了踪影。有人说是与心爱的女人一起去了，有人说是遁入了空门削发为僧。

窑镇至此再无神镖。

窑镇传奇之古画

吴三家藏有一幅古画，这在窑镇已经不是什么秘密。古画是吴三的祖上传下来的，同时传下来的，还有一幅一模一样的赝品。

古画传到吴三的手里时，已经是民国时候的事了。没有人看见过那幅古画，倒是很多人都见过那幅赝品。赝品就挂在吴三家的堂屋里，是一幅唐伯虎的《猛虎下山图》。一只猛虎行走在崎岖的山路上，前爪搭在一块青石板上，虎口怒张，露出森森的牙，啸声隐隐可闻。整只虎画得纤毫毕现，惟妙惟肖。看见赝品的人都会啧啧不住，想这赝品都是如此传神，真迹一定妙不可言。

但不管是窑镇的社会名流，还是政府官员，登临吴三的陋室时，无不失望而归。吴三说，这是祖上的规矩，古画不得拿出来示人。也因了守着这样一个规矩，吴三的家里徒有四壁，以及锅碗瓢盆和土炕，这就是吴三全部的家当。年届三十的吴三最终也没能娶上一个老婆，一个人孤苦伶仃地过着日子。

窑镇上专门经营古字画的风雅轩的老板就曾找到吴三，求购那幅《猛虎下山图》，并且开出了很高的价钱。吴三却不为所动，他对风雅轩的老板说，倒腾祖先留下的东西，造孽呢。

许多人就笑吴三的愚，守着一幅破画，能当饭吃？换了钱娶回一个婆娘才是正经事。任人怎么说，吴三就是不为所动。倒是有些贪恋钱财的人动了心思，好几回夜里，吴三的家里都响起了刀子拨动门闩的声音。亏得吴三睡觉灵醒，一有动静就会醒来，然后拎了马刀怒喝一声，抵住屋门，歹徒才没有得逞。

　　1937 年，日本人的铁蹄踏过山海关，窑镇也变成了鬼子的一个据点。一个叫山本的家伙不知从哪儿听说了吴三家的古画，便寻上门来，叽里咕噜地和吴三叨咕着。吴三听不懂鬼子的话，愣在那儿不动。山本就让翻译官上去翻译，翻译官对吴三说，太君说了，听说你们家藏有一幅古画，太君是个喜欢收藏的人，想买了去。吴三斜了翻译官一眼，说，不卖。翻译官冷笑了一声，说，吴三，你也别敬酒不吃吃罚酒，太君想要得到这幅画，易如反掌，你们家就这么屎壳郎大的地方，掘地三尺也费不了屁大的工夫，你能藏得起来？吴三冲着翻译官啐了一口，说，走狗！翻译官嘿嘿地笑笑。吴三说汉奸！翻译官又笑。翻译官说你想骂什么就骂什么，只要你交出古画。吴三说你妄想！

　　翻译官就回过头，俯在山本的耳边嘀咕了几句，然后对吴三说，太君说了，古画是艺术品，藏到哪里都是藏，要是消失了，可就什么都没有了。吴三说你啥意思？翻译官说，要是你不交画，哼，这房子……翻译官掏出一盒洋火，划着一根，在吴三眼前晃了晃。吴三说狗日的你敢？翻译官说不是我敢不敢的问题，而是它……翻译官拍了拍腰里的枪。吴三咬着牙，拳头握得嘎巴响。但吴三很快就软了下来，说，好吧，我给你们，告诉鬼子，以后不准踏进我的院子。翻译官笑了，挤巴着一对金鱼眼说，这才是大大的良民嘛。

　　吴三就进了屋，拎了一根铁棍开始撬土炕。土炕撬开了，下面是一个洞，吴三伸进手，拿出了一个长方形的木盒，打开来，里面正是那幅《猛虎下山图》。

　　日本人取走古画后，吴三大病了一场，从此闭了门，足不出户。

　　新中国成立后，吴三领养了一个孩子，取名阿牛，两个人相依为命，过着清贫的日子。偶尔出趟门，背后都会有人指指点点的，还会有小孩子尾巴似的跟在他的屁股后面，嘴里喊着"汉奸汉奸"。吴三知道，他们是在骂他把古画送给了日本人呢。吴三不理，吴三现在只想清清静静地过完余下的日子。

吴三死后，吴三的儿子阿牛寻到窑镇的文化馆，交给馆长一个盒子。馆长问啥东西？阿牛说是古画。馆长说啥古画？阿牛说就是我爹祖上传下来的古画。馆长说不是给日本人了吗？阿牛说是墙上挂的那幅。馆长说赝品啊，就有些不屑，说文化馆还没有收藏过赝品呢。阿牛倔强地说，我爹交代了，一定要你们收起来。馆长拍了拍脑壳，说你放下吧。

收下那幅赝品后，馆长就把它丢到了仓库里。过了些日子，才有人想起来跟馆长说，听说赝品里也有有价值的东西呢，不妨把那幅画拿到省城估估价。馆长就点了头。

画送到了省城，不几日，传来了消息，说那幅画不是赝品，而是地地道道的唐伯虎真迹，价值连城！

窑镇传奇之毒蛇

在窑镇，侯五家也算是大户人家。

侯五的祖父经营布匹生意，在好几个州县都有买卖，家里丫鬟仆人就有十几口。侯五就是那时候养成了阔少的脾性，整日里吃饱了，也不到学堂念书，只顾拎了鸟笼，四处撒野，间或逛逛窑镇的窑子。侯五的祖父死后，父亲体弱多病，不久也病逝了。过了两年，母亲也郁郁而死。布庄的生意就交到了三代单传的侯五手上。侯五自然是不会到布庄去坐店的，他把生意放手交给管家，自己依旧整日风流快活。

管家是个五十来岁很有心计的男人，眼见侯五是一个扶不起的刘阿斗，自己辛苦经营赚来的钱都让这个纨绔子弟拿去似流水般耍掉，心里极是不平，但自己终归是个管家，再怎么着也是个奴才，于是只有借酒浇愁。

有一日，管家在街上走，见路边有一人挑担卖蛇。两个铁笼子里密密匝匝地爬满了蛇，蛇在笼子里盘结在一起，扭动着，翻卷着，吐着长长的芯子，一时引来许多人围观。

管家挤进去，瞅了半晌，问卖蛇的，这里面都有什么蛇啊？卖蛇的说，一只笼子里装的是五步蛇，也就是毒蛇；另一只笼子里装的是家蛇，自己养的，没有毒。

五步蛇？管家叫了一声，是那种咬了一口走不出五步的蛇吗？

卖蛇人说，是，不过也没有那么玄乎，只是说它的毒性强罢了。

管家说，那你这样养着岂不是很危险？

是危险，卖蛇人说，不过掌握了技巧，再小心一些，一般无妨的。况且这种蛇肉鲜嫩、好吃，能卖上好价钱。

管家在两个蛇笼前转了转，说，给我来几条吧。

把蛇买回家，管家便去找侯五，说，少爷，我给你弄了点儿新鲜的玩意儿。侯五说什么东西？还有少爷我没有玩过的东西吗？

管家就领着侯五去看蛇，几条细长滑溜的蛇在笼子里舒展着身子，不时地抬起头冲侯五摇摆着。侯五吓了一跳，从哪儿弄的这些吓人的东西？管家说街上买的，别看吓人，好玩着呢。再说玩腻了还可以吃肉，听人说，对男人大补呢。侯五说，是吗？侯五捏起一根棍子在蛇身上拨了拨，说，那你快去学学怎么个吃法，少爷我什么都吃过，就是没吃过蛇。

管家提醒说，这蛇名叫五步蛇，毒着呢，倘是给它咬了，走不出五步便会毙命，少爷你一定要当心啊。

侯五一听立刻丢了棍子，跳开身子，怒道，你这不是害我吗？

管家笑笑，说我打听了，虽说毒性强，但掌握了技巧，也无妨的，何况人家还说了，这种蛇肉最入味。

是吗？侯五将信将疑。

少爷你怕了吗？管家说，要是怕了我就把蛇退了吧。

哪儿的话？侯五梗起了脖子，阔少的脾气立刻就上来了，少爷我自打从娘肚里出来，还没有怕过谁呢，这蛇留下啦。

管家便把从卖蛇人那里学会的手艺都教给侯五。侯五在玩儿上很是上路，不几日就学成了熟手，然后便邀了一帮狐朋狗友到家里来，看他逗弄那几条毒蛇。一帮在街上吆五喝六的阔少，在蛇前吓得只有远远观望的份儿。侯五很是得意，但这得意也就是几天的事，狐朋狗友们没人敢上去玩儿，侯五一个人渐渐地也就没了兴趣。侯五对管家说，剥了吃了吧。管家说不玩啦？侯五说不玩了。管家说那就剥了？侯五说剥了。

管家说剥蛇也好玩儿着呢。管家就走到蛇笼前，开了笼，伸手握住了一条蛇的七寸，拎出来，把蛇头在石头上猛地磕了一下，然后干净利落地剪去蛇头，手一撸，刺啦一声脱了蛇皮，取了蛇胆、蛇血，一条蛇便剥完了。

侯五看得就有些呆。管家说少爷你试试？侯五怔了怔。管家说少爷不敢吗？侯五哼了一声，上去就捉了一条蛇，学着管家的样子也要往石头上磕，无奈蛇身水滑，侯五一把没有抓稳，竟脱了手，再抓，蛇一扬头，在侯五的手臂上就叮了一口，渗出两滴血丝。侯五惊得大骇，叫道，毒蛇咬我啦，毒蛇咬我啦。

管家忙过来，说少爷莫动，走出五步便会死的。侯五就站在那儿，一动不敢动。管家说我去唤医生。管家出了门，不一会儿就赶了回来，说医生听说少爷中了五步蛇毒，也不敢来呢，只给抓了些白药。

侯五浑身颤抖，面如死灰，瘫坐在地上，自此一病不起。

病榻上，侯五不吃不喝，每日只是说着胡话，我活不过五步啦，我活不过五步啦。任谁的话也听不进去。

一月后，侯五病逝。

侯五出殡那天，他的那帮狐朋狗友寻了来，堵了门，对管家说，是你害死侯五的，你故意买了毒蛇来，让侯五把玩，其实就是想借机害死侯五，自己独霸家产，对不对？

阔少们不光闹事，还报了官，管家便被带到了县衙。公堂上，县官问管家，因何要让侯五把玩毒蛇？管家说小民冤枉。县官说你有何冤？管家说，小民从来没有给我家少爷把玩过毒蛇，不信老爷可以验尸，还可以验蛇。县官说你敢当堂对证？管家说我敢。

县官派人前去验尸，侯五果然没有中毒。再去验蛇，笼子里的蛇竟然也没有一条是带毒的。

第二辑

曾经，那敲击心灵的歌声

男人拄着拐杖晃过表哥家的门口时，歌声就会像一只欢快的鸟儿扑棱棱地飞进我的耳朵。然后，就是在他打开门的一瞬，喊出的那句脆亮亮的招呼。

假如没有读书

　　这是某个电视台举办的一档谈话节目。嘉宾一共四位，都是风度翩翩的中年男子。他们来自这个城市的不同行业，引领着各自领域的潮流和风骚。他们有房、有车，事业有成，是无数男人眼里的标杆和努力的榜样。

　　但他们又有一个共同点，那就是都生长在经济不发达的贫困地区，从小家境贫寒，衣食无着，完全依靠父母节衣缩食，供养他们读书上学，才改变了他们的命运，有了今天的成就。

　　谈话就是围绕着"读书和命运"这个话题展开的。四个男人的故事虽然各有千秋，却也没有多少出人意料的新意。节目在平静和缓的氛围里接近了尾声。

　　接下来，照例要由台下的观众来提问。第一个获得机会的是位记者，他问了一个记者们都喜欢问的问题："假如父母没有送你读书，你觉得你现在会是什么样子？"

　　第一个男人说："假如父母没有送我读书，那我现在肯定不会坐在这里。前不久，我回了趟老家，发现村子里跟我一起长大却没有机会读书的男人，大都在家里守着几亩薄田。山里缺水，每天驮水吃饭，引水浇地，就是他们生活的全部。"

　　第二个男人说："假如父母没有送我读书，你们说不定就会在城市里随便的一个建筑工地上见到我。念高中的时候，很多学生就是因为家里拿不出学费，背上背包出去打工了。说真的，当时，我也偷偷地打好了背包，要不是母亲求亲靠友借来的钱，我也不会走到今天。"

第三个男人说："我们那个村子现在是全乡有名的养鸡专业村，很多没有机会读书的男人，都在家里养鸡。假如父母没有送我读书，说不定大家餐桌上的烧鸡、炖鸡、叫花鸡，都是我养的呢。"

台下响起了一片笑声。气氛轻松活泼，一切都朝着节目预定的方向发展着。

最后，观众的目光落到了第四个男人身上。大家都觉得，在那样的场合，他也一定会照着这个思路说下去的。

没想到，第四个男人沉默了一会儿，却忽然用一种沉重得有些压抑的语气开了口，就像是迈进了某种痛苦的回忆。他说："我念高中的时候，家乡正值旱灾，庄稼几乎颗粒无收。这对于靠田地糊口的村里人来说，无疑是个灾难。那时候，村里一共有三个人在县城读书，其他两个人都因交不起学费退了学。我也想退学的，父亲不让，父亲甚至为这件事打了我一巴掌。

"我不知道他们是怎么筹的钱，供我读完了高中，又让我念了大学。临毕业的那年，本想着可以挣钱养家了，没想到父母却双双病倒。他们的病都是能够治好的，要是放在今天的话。

"可是那时候，家里一贫如洗，能卖的东西都卖光了，还欠了一屁股债。为了省钱，父母都不肯住院，甚至连药也舍不得吃，就这样，不到一年的时间，他们相继离世。

"现在，每到夜深人静，我就止不住想，假如父母没有送我读书，我也就不会离开他们。就可以守在他们身边，为他们分担生活的重负，挣钱养家尽孝，他们也就不会这么早地死去。'子欲养而亲不待'，一想起这句话，我就觉得，自己真是不孝啊……"

演播厅里出现了短暂的寂静，就连一向口吐莲花应对自如的主持人，也像是忘记了自己的职责。

　　片刻后，不知是谁带头鼓起了掌，潮水般的掌声里，不少观众都悄悄地抹起了眼泪 。

看望儿子的女人

这是一辆开往市区的客车，女人就坐在靠窗的位置。女人晕车，这个位置还是她跟一个小伙子调换来的。

窗外的田野已经绿起来了，暖暖的阳光透过车窗照进来，让车里的人都昏昏欲睡。女人没有睡，女人的眼睛一直盯着窗外，想着长长短短的心事。一个硕大的竹篮摆放在女人的腿上，竹篮上盖着一块洗得发白的布。看得出来，女人是个喜欢洁净的人。

"大姐，还是把篮子放在行李架上吧，这样怪累的。"对面座位上一个抱着孩子的年轻母亲说。

女人回过神来，感激地笑笑，说："不了。"女人看见了年轻母亲怀里的孩子，是个女孩，三四岁的样子，两只清澈的眼睛紧紧地盯着自己的篮子。

女人把手伸进篮子，变戏法儿似的摸出一把花生来，塞到女孩的手里。车厢里很快就响起了噼噼啪啪的声音，女孩吃花生的样子让女人爬满皱纹的脸上泛起了鲜活的生机。

烟就是在这个时候冒出来的，没有人看到它是怎么冒出来的，先是一缕，很快就成了一股、一片。车厢里有了焦糊的气味，眨眼的工夫，气味就在小小的空间里横冲直撞。

"着火啦！"女人第一个叫起来，声音哨子般尖锐。沉睡中的乘客都给惊醒了，平静的车厢里一下子炸了锅。

司机在慌乱中把车停在了路边，大叫着："快下车啊！"可是，火是从车门烧起来的，没有人能够从那里离开车厢。

"大家不要慌，来，从车窗跳下去！"女人大声招呼着，一边丢掉腿上的篮子，两只手用力把车窗扒开。人群疯了似的朝那个小小的出口拥过来，有两个男人凭着力气越过了妇女和孩子的屏障，削尖了脑袋往外钻。

女人忽然伸开双臂挡在了窗前："不要挤，不然谁也出不去！"女人的嗓门很大，完全没有了刚才的娴静，像是一头狮子。

两个男人愣了一下，不情愿地让开了身子，骚乱的车厢顿时安静了许多。女人先是招呼着对面那个年轻的母亲，帮着她跳了出去，又抱起吓得哇哇乱哭的小女孩，递了出来。然后是一个妇女，又一个孩子……

乘客们在女人的帮助下，相继跟着往外钻。车厢里的人在一个一个地减少，火势却在一点一点地变大、变猛，直至疯狂。小小的空间成了一个蒸笼，让人透不过气来。女人不停地咳嗽着，手却没有停下，一个个或肥或瘦或高或矮的身子在她的推搡抬抱下，纷纷逃离了险境。

当最后一个人被女人推出窗口时，整个车厢已经成了一个火炉。车外的人拼命喊着："大姐，跳啊！快跳啊！"

女人的头刚刚探出窗外，又缩了回去。她的手在蹿着火舌的车厢里摸索了一阵，然后递出来一只烧黑了的竹篮。两个男人一边接过篮子，一边把女人从窗口拽了出来。女人的头发已经烧焦，脸上像是抹了一层黑灰，衣服上还蹿着火苗。几个人冲上去，手忙脚乱地把女人身上的火扑灭。

女人大口喘了会儿气，忽然身子一软，昏了过去。

救护车很快就到了，女人和另外几名伤员被送进了医院。

女人醒来的时候，已经是第二天上午了。睁开眼，女人看见了洁白的墙壁、洁白的被单。鸟鸣声从窗外传进来，让女人恍惚间觉得是飘浮在梦里。

第一个获准进入病房的是市报的记者。记者望着女人瘦小赢弱的身子、伤痕累累的脸和那一头烧得不像样子的乱发，抿着嘴，深吸了口气，小心翼翼地问："大姐，感觉好点儿了吗？"

女人点了点头。

"可以问您一个问题吗？"

女人又点了点头。

"据说，您当时就坐在窗边，本来可以第一个逃出来的，您为什么不逃？是什么让您坚持到了最后？您难道……就不害怕吗？"

女人笑着说："是我儿子，我儿子让我坚持到最后的。"

"您儿子？"记者的眼里满是惊讶，"他在哪儿？做什么工作的？"

"他没有工作。"女人盯着天花板，像是回答又像是自言自语，"去年这个时候，为了救一场火，他再也没有回过家，一个人睡在了市郊的那面山坡上。这次，我就是去看他的。着火的时候，我满脑子都是儿子的身影。我想，要是给火烧死了，不是就能见到我的儿子了吗？我当时觉得儿子离我越来越近了，他还冲我招手了呢，真的。你说，去和儿子见面，我有什么好害怕的？"

神秘的爱心资助人

大学同学阿伟来访，我和几个朋友一起为他摆宴接风。席间，有人提议，要在市教育部门工作的阿伟讲点儿"行业内幕"，以壮酒兴。阿伟迟疑了一下，说："我给你们讲一个我碰到的真实故事吧。"

"两年前，为了帮助贫困山区的孩子们读上书，我们教育部门在市里的一所大学举办了一次'一对一'活动。就是鼓励在校的大学生与贫困山区的孩子们结成对子，在精神和经济上对孩子们实施帮助，让那些失学或是即将失学的孩子重新看到希望的曙光。我们本来是抱着试试看的态度去的，没想到方案一公布，报名的学生极是踊跃，短短的一天，就接到了100多名学生的申请。为了让资助活动落到实处，我们对报名的学生都认真登记，建立了档案，内容包括学生的姓名、班级、家庭状况以及在校的勤工俭学等情况，目的是在资助与被资助者之间搭起一座沟通的桥。

"活动结束后，我们准备离开，还没等上车，一个学生气喘吁吁地跑了过来，一见面就说：'我也要参加这项活动！'我冲他抱歉地笑笑，说：'等下次吧。'他说什么也不肯走，坚持要我们给他一个机会。没办法，只好递给他一张申请表，没想到他看了一眼，又把表还了回来：'我不想留个人资料。''不留个人资料我们怎么让您跟资助对象联系呢？'我有点儿诧异。'我不需要跟他联系，'他解释说，'您只要把需要资助的学费数目告诉我就行了，我把钱邮给你们，你们代我转交，好吗？'

"这真是一个特别的学生，办这种活动好几回了，我还是第一次遇到。望着他诚挚的眼神，我不忍心拒绝，只好答应了。可是，回去后，责任心促使我又通过别的渠道了解了一下这个学生的情况，结果让我大吃一惊。这个学生读大二，老家也在山区，而且相当贫困，大学一年级的学费还是他用助学贷款交上去的。在学校，他一直靠勤工俭学赚取生活费。这样一个连自己几乎都要靠人资助的人，怎么会想到去资助别人？他又拿什么去资助别人？是一时的冲动还是别的什么？我的心情沉重起来，觉得有必要找他谈谈。

"听完我的疑虑，他的脸红了，害羞得像个女孩子，犹豫了好一阵才说：'不瞒您说，我家里的确很穷，我上高中的学费和生活费都是村里人一元一角凑起来的，正因为这样，念了大学后，我就在心里存着一个愿望，不管多么困难，一定要学会帮助别人，就像那些曾经帮助过我的热心人一样。'

"我被他近乎朴素的念头打动了，甚至再也想不出什么理由去拒绝他。就这样，我充当起了他与一个山区孩子之间的信使，每个学期把他资助的钱邮给孩子，再把孩子的感谢和祝福捎给他，风雨无阻。两年很快过去了，他也该大学毕业了。毕业前，教育系统举行了一次见面会，让两年前参加申请的一百多名大学生和他们资助的对象见次面。在我的极力邀请下，那次见面会，他也去了……"

"你们知道，他资助的对象是谁吗？"阿伟打了个埋伏。我们面面相觑，都摇了摇头。

"是他的弟弟！他的亲弟弟！"阿伟的声音突然变得激动起来，"那天，当我把他资助的孩子领到他面前时，他呆了，知道结果后，我们也都呆了！善有善报，佛家的话真是应验了啊！"

母亲的要求

女人是来法院告儿子的。为此，女人天不亮就起了床，怀里揣上两个冷馒头，翻山越岭地往县城赶。女人的腿脚不利索，女人本来可以搭汽车的，可她没有，她舍不得花那几块钱。

赶到法院的时候，日头已经老高了。女人摸出一个馒头，就着院子里的自来水，草草地填了填肚子，然后推开了接待室的门。

接待女人的是一位年轻的法官，一张娃娃脸，像是还没有迈出校门的模样。法官一见女人就叫起来："大婶，我认识您！"女人眯缝着眼打量起法官，说："是呀，俺头些日子来过两次，只是没敢迈进这门。"法官笑笑，露出两排好看的牙齿："人民法院为人民，大婶有啥不敢进的呢？"女人咧了咧嘴，也像是要笑，可终于没能笑出来。

"大婶有啥事？"法官把女人搀扶到椅子上，温和地问。

"俺是来告儿子的！"女人咬着牙说，一副恨恨的样子。

法官一怔，旋即便在女人对面的桌子边坐下来，拿出纸和笔，说："别着急，您慢慢说。"

女人的眼眶一下子就红了，她抬手抹了把脸，打开了话匣子。女人说，她就这么一个儿子，在儿子七岁那年，他爹出了车祸，人没了，家里的担子就落在她一个人身上。喂猪，种地，养儿子，她一路跟跄着走了过来。儿子淘气，不喜欢读书，常常领了一帮孩子在街上打架，她没少给人赔笑脸。儿子十八岁时，她卖了家里的两头猪，求爷爷告奶奶把儿子送进了县里的化肥厂，成了一名工人。后来，儿子大了，该成亲了，她又用攒了一辈子的积蓄，给儿子盖了三间瓦房，把媳妇儿娶到了家。她想，自己也算熬出头，该享享福了吧？谁知道，儿子娶了媳妇儿忘了娘，她自己一跤跌进了苦海里。

"儿子怕媳妇儿，媳妇儿不让俺跟他们一起吃住，嫌脏，儿子就把俺撵进连风雨都遮不住的土坯房里，每月丢下半袋面。媳妇儿不让俺见孙子，不让孙子喊奶奶，儿子就训孙子，不让孙子打俺的门前过，还动不动就喊老太婆。就连逢年过节，俺也是孤苦伶仃一个人。你说，俺这是生了个什么孽障呀？"说到最后，女人呜咽着哭出了声。

法官的眼睛也有些潮了，他的一只手甚至已经握成了拳头。"别伤心，大婶，您有什么诉讼请求尽管提，我们尽量帮您争取。"

"啥请求？"女人张大了嘴巴。

"噢，就是要求，您对这件案子有什么要求？比如，您可以要求我们冻结您儿子的银行存款，然后把那些钱都划给您养老。"法官提醒道。法官不像是在审案子，倒像是一位路见不平的侠士，一张娃娃脸上写满了仗义。

"那咋能行呢？"女人一听就摇起了头，"儿子虽说是个工人，可一月也挣不了几个钱。那点儿钱要买种子、农药、化肥，还要给上小学的孙子交学费，花钱的地方多着哩。没了钱，他的日子可咋过呀？"

法官愣了一下，他没想到女人会这么回答。想了想，法官又说："要不，把他抓起来，关上几天，让他长长记性？"

"别，千万别！"女人腾地从椅子上跳起来，连忙摆手，"抓了他，家里还不得塌了天？再说，给厂子里知道了，还不得把他开除了？你们要抓他，那……那俺就不告了。"

法官叹了口气，扶着女人重新坐下："大婶您别急，不抓也可以，还有一个办法，就是在村子里开个大会，让您儿子当着村里人的面，向您检讨，保证以后认真履行赡养义务。"

"这……"女人皱了皱眉，"这多丢人呀，以后他和孙子在村里人面前还咋抬头？"

"那您到底有啥要求？"法官的脸上有了不耐烦的神色。

"俺……也没啥别的要求，"女人迟疑了一会儿，终于鼓起勇气说，"就是想让儿子别再嫌弃俺，见了面，能喊上一声'娘'，孙子别再躲着俺，见了面，能叫上一声'奶奶'，俺也就知足了。"说着，两行浊泪又爬上了脸颊。

法官瞪大了一双惊愕的眼睛，瞅着女人。他看见，女人那缀满补丁的衣襟上，早已是洇湿一片。

曾经，那敲击心灵的歌声

有一段日子，因为工作上的原因，我的情绪一直很低落，又找不到可以倾诉的人，所以每天一下班，就把自己丢进酒吧里，灌得醉醺醺的。

同在一座城市的表哥听了我的情况，喊我去他那儿住几天。表哥说："正好你嫂子出差，我一个人也怪闷的。"我苦笑着摇头。表哥是个工作狂，家里有时候三两天都见不到他的影子，跟他住在一起，只会徒增了烦恼。

表哥像是看出了我的心思，说："我们楼道里有一个邻居，很特别，凡是认识他的人，烦恼都会消失。怎么样，你也认识一下？"我狐疑地看看表哥，不像是开玩笑的样子，我就点了头。

搬到表哥家的第一天，我就催着他把那个特别的邻居介绍给我。表哥说："别急，慢慢你就会认识的。"表哥又开始忙他的工作了。我依旧形单影只，一个人下了班，照例拐到酒吧，灌得差不多了，然后回家。

表哥家住的是老式的筒子楼，楼梯很窄，两个稍微胖点儿的人要侧着身子才能互相过去。有一次，我上楼的时候，恰好碰到一个男人，挂着根拐杖，歪歪斜斜地晃在我的前面。男人的一条裤腿空空的，在大腿处绾了一个结，看样子像是截了肢。我忙跟上他，搀住了他的胳膊，说："我帮你吧。"男人扭头看了我一眼，一脸的和善，说："不用。"谢谢你，我能行。"那张脸顶多三十岁，上面写满了自信，一点儿也没有我预料中的自卑和难堪。

男人就住在表哥家的楼上。我站在门口，看着男人爬近家门的时候，嘴里竟然飘出了歌声，调子很欢快的那种。接着就是哗啦啦掏钥匙开门的声音，门打开的一瞬，我听见男人脆亮亮地喊了一声："妈，我回来啦。"

之后的几天，在楼道里，我又碰上了男人几回。男人拄着拐杖晃过表哥家的门口时，歌声就会像一只欢快的鸟儿扑棱棱地飞进我的耳朵。然后，就是在他打开门的一瞬，喊出的那句脆亮亮的招呼。

见的次数多了，忍不住问他："您在哪儿工作啊？""噢，修鞋，"他温和地说，"不远，就在和平桥根儿，有鞋要修的话就找我啊。"他神情的轻松倒让我有些难为情起来。

那天晚上，我问表哥："你给我介绍的那个人，是不是住在楼上？"表哥眨了眨眼，说："怎么样，很特别吧？"我又问："他的腿怎么回事啊？"表哥说："车祸，有好几年了。"表哥边说边系上围裙进了厨房，不一会儿探出头冲我喊："家里没盐了，你上楼去借点儿吧。"

我嗯一声，上楼，轻轻地敲门。男人打开门，见是我，很热情地把我让进去。我环视了一下屋子，没有几件值钱的东西，却收拾得很整洁。"一个人在家？"我问。"噢，我妈在里面呢。"男人冲卧室指了指。这才发现，卧室的床上还躺着一位老人。"伯母她……"我欲言又止。"病了，"男人说，"一年多了，起不来床，只能这样躺着。"

给我盛盐的时候，男人又哼起了歌。我惊讶于他的洒脱和快乐，止不住好奇地问："你很喜欢唱歌吗？"男人嘿嘿地笑起来，脸上现出了少有的腼腆，"就算是吧，主要是我妈喜欢听。她说，听到我唱歌，心里就踏实，饭也吃得香，觉也睡得特别安稳。"

我的心里一阵悸动。捧着盐回到家里，还是不能从那种悸动的氛围里走出来。表哥见我一副丢魂的样子，问："怎么啦，有心事？"

我望着表哥，不好意思地笑笑，说："明天，我回家住吧。"

拯救一条生命

接到大学同学老魏的电话时，我正在工地上忙得四脚朝天。这栋楼盘工期很紧，虽然眼下刚进入挖地基阶段，可我一丝也不敢懈怠，时间就是钱哪！

老魏在电话里声音很急，连珠炮似的像是被谁踩了尾巴。工地上特吵，我拿着电话跑到一处僻静的地方，让老魏重复一遍。老魏说："大刘，赶紧派辆吊车过来吧，要出人命啦！"我忙问："怎么啦？"老魏说："我现在在拍石头乡下关村的后山腰，有人失足掉进悬崖里了，二十多米深的悬崖，两山夹一沟，光溜溜的，人没法下去施救。"我说你没法儿下去施救喊我干啥？打110啊！老魏那边嗓门儿大了起来："大刘我没空跟你扯淡，我是想用你的吊车，扯根绳子把人吊上来。方圆几十里，就你的工地离这儿最近了。"我也扯着嗓门儿说："我知道你想用吊车，可我这边儿忙得一塌糊涂，哪有空车派给你？再说，工地离下关七十多公里呢，还全是山路，一个来回，得耗我半天时间，直接损失就三千多块呢，你算过没有？"老魏一听就急了："狗日的大刘你掉钱眼儿里了？三千多块跟一条人命，哪个重要你掂量不出来？"

老魏把"人"字咬得嘎嘣响，像是要把我这个势利的商人从钱眼儿里一把抠出来。这家伙，不过就混了个副乡长，把自己整得跟为民请命似的，好像别人都是周扒皮。我哼了一声，没好气地说："好吧，既然我们的人民公仆已经掂量出来了，那就去呗。"

本来打算让司机一个人去的，临上路的时候，我也跳上了车，救人一命胜造七级浮屠，好事不能全让老魏一个人占了。

路很难走，虽然瞅着平展展的，石头蛋子却很多，加上司机把车开得像飞机，一路上颠得人几乎要散架。好在司机路很熟，没费多少工夫就找到了老魏说的那个地方。远远地就看见一群人，围在悬崖边，探头探脑地往下瞅，还有一对穿着随意的中年夫妇，蹲在地上，霜打的茄子似的，不用问，八成是被困者的家属了。

老魏眼尖，拔腿冲过来，抓住我的手说："有两个人扯着绳子下去了，伤者已经套好，上面的人使不上劲儿，只好等你了。"我急着问："人怎么样？摔得厉害吗？"老魏说："亏得下面的树丛挡了一下，命不要紧，就是腿断了。"我又问："医生来了吗？"老魏说："来了，在下面处理伤口呢。"

我连忙指挥司机，把吊车停好位置，然后招呼大家七手八脚地往吊钩上挽绳子。开始起吊了，大家退到一边，紧张地盯着慢慢上升的吊绳，像是盯着一个莫大的希望。两三分钟的工夫，站在沟边的人开始兴奋地叫起来："出来啦！出来啦！"几个人就伸着手朝前拥，准备迎接伤者。吊钩却没有停下来，而是越过众人头顶，慢慢移到一片松软的草地，然后把伤者放了下来。

竟然是一头牛！四条腿上打着厚厚的石膏。

我有点儿火了，冲到沟边，气呼呼地朝着下面喊："怎么不先救人？牛重要还是人重要？"围着牛的人都转过身，用一种奇怪的眼神盯着我，像是听不懂我的话。

老魏快步走过来，把我扯到一边，低声说："不好意思啊大刘，是我没跟你说实话，掉下去的就是这头牛。"我盯着老魏的脸，蒙了半天，才回过神狠狠地搡了他一把："你骗我？"老魏忙从口袋里掏出一盒烟，赔着笑脸跟我解释："我不说救人，你能来？"我一抬手，甩掉了老魏的烟，恶声恶气地吼道："老魏你替我算过账没有？我这一趟直接损失就三千多，算上间接损失，买两头牛都够了，你有病啊？"

老魏不恼，老魏像是掐准了会有这么一出戏似的，他讨好地拍拍我的肩，说："大刘，账不能这么算。对于你来说，只是损失了一些钱，可是对于这户农民兄弟，这头牛就是他们一家的希望。他们去年借钱买的这头母牛，本指着它生了小牛卖钱给儿子凑学费的，要是没了，他们怎么过？"

我回过头，看着那个蹲在母牛边的中年汉子，他也正好望过来，一张皱巴巴的脸上爬满了感恩的笑，嘴里笨拙地吐出一句话："谢谢你啊，恩人。"

我不好意思地扭回头，又搡了老魏一把，嗔怒道："学会跟我弄这个啦！"嘴上这么说着，脚却不由自主地朝那头牛迈去。我想看看，被自己救下的生命到底是个什么模样。

丈夫的遗嘱

清晨，天还没有亮，她就从床上爬起来。丈夫在煤矿出事后，她还没有这么早起过。那十多天里，她的泪水差不多都流尽了，眼窝深陷，眼睛肿得像是要烂掉的桃子。以前那么要强的人，像是被抽走了魂魄，整天恍恍的。

她太爱自己的丈夫了，虽说是媒人介绍的，可是从见面的第一天起，他就在她的心里安了家，落了户，有了挥之不去的影子。丈夫是个很憨厚的人，高中毕业没有考上大学，种了两年庄稼，就嚷嚷着要出去闯世界。开始她还舍不得，她已经习惯了在饭桌上看着他吃饭，在床上被他抱着睡觉，牛郎织女似的两地分居，不是她想要的生活。后来，丈夫轻言轻语地给她讲了道理，孩子出生了，婆婆年龄也大了，左邻右舍的房子一个个拔竹笋似的，牢牢实实地遮住了自家三间小平房的阳光，不出去挣钱怎么行呢？那些道理她都懂。

丈夫走了，三五天的就有一封带着花纹的信飞回来，告诉她，自己找到工作了，是一家煤矿。煤矿是公家办的，条件很好，很安全。为了安慰她，他甚至还在信里开玩笑说，别说像私人煤矿那样动不动就出现塌方、瓦斯爆炸，就是掉下来一块煤疙瘩砸中了头盔，都是十年不遇的倒霉事儿。她信了，于是就开始扳着手指，等信和汇款单飞来的日子。信很缠绵，汇款单上的数字也很丰厚，于她这个土里刨食的女人来说，美好的日子渐渐地拉开了帷幕，就等着锣鼓响起来的时刻了。

锣鼓却再也响不起来了，只有一块帷幕孤零零地悬着，在她眼前晃来晃去。她是那天凌晨接到矿上通知的，电话里说，丈夫出事了，要她马上到矿里来。她不信，丈夫不是说那里很安全吗？她一连问了两遍，才终于相信了自己的耳朵。然后就是一阵眩晕，她觉得天塌了。接下来的十多天里，她像是一台没有生命的机器，被人牵着东奔西跑。直到生龙活虎的丈夫变成了一个小小的匣子放在她的怀里，她才明白，过去的日子一去不复返了。

可是，她没有想到的是，痛苦还远远没有结束。丈夫的死亡抚恤金已经定下来了，二十万，可她拿不到手，因为丈夫的母亲——她的婆婆也在伸手等着。婆婆和她没有住在一起，一个村东，一个村西，以前丈夫在的时候，她们也经常坐在一张饭桌上，其乐融融地吃过饭，谈过心。虽然上牙碰下牙似的，也有磕绊的时候，但丈夫总能适时地充当润滑剂，把两边都哄得喜笑颜开。说起来，是丈夫把她们牵在了一起，成了母女，成了这个世界上没有血缘的亲人。现在丈夫不在了，她们之间的那根线断了，一下子就成了陌路。不是陌路又是什么呢？不然，婆婆为什么要来跟自己抢遗产？那是她的丈夫用命换来的钱呀。况且，她已经跟婆婆说得很明白了，这笔钱不是她自己花的，她是给儿子也是婆婆的孙子存的抚养费，儿子眼见着就要背上书包，进校园了，她不能不为他的前途着想。可是婆婆压根儿就听不进她的话，婆婆说，你这么年轻，能一辈子拴在这个塌了顶的家里？哪天你又找了人，拍拍屁股跟人走了，钱用在谁身上，鬼知道呢。婆婆还说，现在的后爹后妈，对待别人的崽，一个个跟周扒皮似的。为了孙子将来不受气，这笔钱，我得替他存着。

说到底，她们的目的是一样的，都是为了孩子，可孩子是她的，是她身上掉下来的一块肉，抚养孩子的钱当然得由她管着。两个认了死理的女人，起先还能坐下来商量，后来就不行了，就成了吵，成了闹，甚至有一次，还发生了抓扯。有好心的邻居就劝，说不如去问问处理事故的人，看看男人有没有留下遗嘱。她一下子想起来，之前听矿上的人说，丈夫被挖出来的时候，人还清醒着，送到医院抢救了一天才走的，说不定真的会有呢。丈夫是个细心的人，这一点她是知道的，家里的东西，找不到了，她也不急，张口问他，他总能准确地说出来。铁锹、犁铧、镰刀，有时候连她自己的东西，他都能找出来。像是一条嗅觉灵敏的狗，她就是这么跟丈夫开玩笑的。那玩笑里幸福的味道，只有她知道。

她打电话问了处理事故的人，结果让她一阵惊喜。丈夫果然是留了遗嘱的，连同其他几个工友的遗嘱一起，被医院录了下来。前段时间，因为忙着处理事故，还没有顾上把遗嘱告诉她们。不过，电话里的人说，要听遗嘱，必须丈夫的亲人全部到场，也就是说，她、儿子，还有婆婆，他们都到齐了，才能知道遗嘱的内容。

她一大早就起来了，丈夫走后，她还是第一次起这么早。今天是约好听遗嘱的日子，她不想落后，她想快点儿听到丈夫的声音。当然，更想知道丈夫会把这笔钱留给谁。丈夫是爱她的，也是爱儿子的，他不该有其他的选择。

赶到约定地点的时候，她发现，婆婆已经到了，端端正正地坐在椅子上等着。亏得她那一双小脚，竟也跑得这样快！她在心里嘲讽着。负责处理遗嘱的是两个男人，其中的一个人对她们解释了半天，内容很长，可她一句也没记住，跑了这么远的路，她可不是来听他们东拉西扯的。她的眼睛紧盯着桌上那台小巧的录音机，像是要用目光把丈夫的话从里面勾出来。

男人终于解释完了，男人打开了录音机，短暂的沙沙声后，一个熟悉的沙哑的声音从里面飘了出来。声音很微弱，像是耳语，但她还是一下子就听出来了，那正是她朝夕相处了五年多的丈夫的声音。

丈夫说：妈、莉、儿子，我爱你们。永远！

　　莉是丈夫平日里对她的昵称。只这一句，剩下的就是带子空转时无尽的沙沙声。泪水从她的眼角悄然滑落，怎么也止不住。而在对面，年迈的婆婆，早已经泣不成声……

姥爷和他的枣红马

风软软的，树上的叶子倦怠地挂在枝头，有气无力的样子。天已经好长时间没有下雨了，焦躁的日子拨弄得人心里烦烦的。路上还没有车辆，有的只是尘土。姥爷把马鞭甩了一个花儿，脆亮的声响在秋天的原野上回荡。我喜欢看姥爷甩鞭的样子，酷酷的一如旧时的马帮。枣红马拉着板车，在通往郊外的路上轻快地奔跑着，马车后是扬起的滚滚烟尘。

车在一片犁过的玉米地前停下来，姥爷跳下车，把我从车上抱下来，然后他就坐在田埂上，掏出旱烟袋，一锅一锅地抽。竹制的烟锅里明明灭灭，袅袅的烟滑过姥爷的脸。

地是拖拉机犁过的，昨天大舅找的车，花了十块钱。大舅不想再让姥爷扶着铁犁去翻地了。

"太累了。"大舅说。大舅在一个工地上当工头，手里攒了点儿钱。

可是姥爷不愿意，他已经习惯了扶着铁犁的日子。"十块钱，可以买一袋化肥了。"姥爷阴沉着脸。姥爷训起人来声音不高，却透着一股子威严。

但这次大舅没有让姥爷如愿，傍晚的时候，他径自找了一辆车去了地里。三亩多地，半个多小时的工夫，搞定。

姥爷为这事晚上赌气不吃饭，我知道，他不仅仅是心疼那十块钱，还有被人闲置下来的落寞。姥爷赶了一辈子马车，他已习惯了和马一起劳作的日子。

姥爷在土块上敲了敲烟锅，收起来，然后喊着我帮他从车上抬下木耙，套好了枣红马。

"小心点儿姥爷。"我冲着姥爷喊着。

姥爷转过头，冲我笑一笑。穿着露出棉絮的破袄站在木耙上的姥爷，让我恍惚间记起了在书本上看过的一幅油画，油画透着沧桑也透着魅力。

姥爷一手握着马缰，一手甩着马鞭，两只脚和木耙融为一体，枣红马就在姥爷的吆喝声中迈开了步子。田里干燥得看不见一点儿墒土，到处都是干土块，一个个生冷地躺在那里。马蹄在干土块上"嘚嘚"地踩过去，像敲打着一面沉闷的鼓。它不时地仰起头，甩一甩乌黑的鬃毛，发出一声长嘶。木耙就在姥爷的脚下划开那片土地，我清晰地听见尘土翻动过程中姥爷哼起了小曲。

姥爷中午回到家里，姥姥已经备好了饭菜，饭桌上摆着一碟花生米、一碟炒鸡蛋，还有一瓶老酒。姥爷脱了鞋，光着脚蹲在椅子上，不曾洗手就捏起一颗花生米丢到嘴里，呷一口酒，脸上的皱纹在酒香里慢慢地红润开来，爬满了生机。

"来，小小，过来吃。"姥爷冲我招着手，递给我一双筷子，又递给我一杯酒。我怯怯地把酒倒进嘴里，立时便发出一阵阵的咳嗽。姥爷就爽朗地笑，夹起一块鸡蛋放进我的嘴里。

"大孩儿想今天就把马卖了，已经找好买主了。"姥姥站在桌子前，一边盛饭一边跟姥爷说着。

姥爷端酒杯的手抖了一下，颤颤地有酒洒出来，溅到桌子上。

"不卖，"姥爷咬着牙吐出几个字，"我看谁敢卖！"

屋子里的空气僵硬起来，我偷偷地瞅姥爷的脸，它冷冷的像是落了一层霜。

"可是大孩儿已经找好买主了，吃罢饭就过来。"姥姥的声音细细的，像是一只蚊子，"再说了，明年就不种玉米了，拿啥喂马呀？"

姥爷不吭气，自顾地喝着酒。酒像一块蘸了颜料的布，把姥爷的脸染成戏台上的样子。

　　大舅张罗卖马的事已经嚷了好长时间了，那块地明年改种果树，马用不上，再说也没了草料，养着也是累赘。其实大舅更多的还是心疼姥爷，年近花甲的姥爷在土地上操作了一辈子，也该歇下来喘口气了。

　　下午买马的人过来的时候，姥爷黑着脸坐在马厩里，买马的人畏缩着不敢进去。大舅就给姥姥使着眼色，姥姥过去，轻轻地拍拍姥爷的肩，半晌，扯起姥爷的手，离开了马厩。

　　枣红马跟着一个陌生的人走了，它不时地扭转头，向姥爷打着响鼻儿。我看见姥爷的眼里湿湿的，有浑浊的泪滚下来，滴落在尘土里。

　　后来听说那匹枣红马被人买走后，不吃东西，生了一场病，死了。临死的时候，肚里还怀着一个小马驹。姥爷也大病一场，在床上躺了好多天，仿佛和那匹马通着灵犀。

　　这是十多年前一个秋天里发生的事。

　　十多年后的又一个秋天，没有任何征兆，姥爷就在梦里安详地走了。送姥爷上路的时候，我的眼里没有泪水，我只是在脑子里不停地回放着那个秋天里发生的事，回放着姥爷甩着马鞭站在木耙上的样子。在天国，在秋天的天国里，姥爷还会碰上他的枣红马吗？

多收了三五斗

国庆节那天，妈一早就开始在院子里喊，起来刨花生啦——

妈喊的嗓门儿很大，尾音拖得老长，像是喊给全村人听的。

也难怪，妈唠叨刨花生的事，差不多有半个秋天了。那一年风调雨顺，日子格外争气，花生的长势比往年都要好。妈每天早上起来，第一件事就是扛着锄头，到那两亩花生地里转转。有时候也不是为了锄地，就是想去看看，就像每天晚上坐在家里翻看那几张数额不大的存单一样。仿佛这样多看几眼，花生就会长得快些。

逢到节假日什么的，妈就不单是自己去，还要爸、我和弟弟一起去。妈说，地里长了那么多草，我一个人哪拔得过来？妈还说，花生该浇水了，不然要减产的。妈又说，人勤地不懒，人懒没饭碗。

我跟弟弟听惯了她唠叨，常常装作听不见。妈有的是办法，妈说，花生长得这么好，多收两三成是没有问题的。今年，多收的花生卖来的钱，给你们一人买个新书包，再买双新球鞋。我得承认，新书包和新球鞋的诱惑远远大于一场懒觉。弟弟也一样，经常是妈刚许诺完，他就兔子似的跟着我往地里跑了。

妈说得没错，人勤了，地就不会懒。那一年，我是在听着妈哼唱的有点儿走调的《朝阳沟》和《穆桂英挂帅》的日子里，一点点看着花生成熟的。直到国庆节那一天。

其实，花生早几天就可以刨了，但妈说，大丰收年的，一个人可干不来这么多活儿，得全家齐上阵才行。

　　整整一个国庆节，我们全家都在刨花生的快乐里度过。眼看着一袋一袋的花生，在家里垛成小山的样子，我和弟弟仿佛就看见了新书包和新球鞋的影子。毕竟，家境不是很富裕的我们，在同学们面前嘚瑟的机会，实在是太少了。

　　丰收的狂欢结束后，妈开始迫不及待地计算收成。妈计算收成跟别人不一样，别人都是用算盘，妈用的是一根树枝，在松软的地上鬼画符似的画来画去。一边画，嘴里一边念念有词，像是一场朝圣仪式。妈说，估摸亩产能有六百五十斤，按照每斤九毛的价格，每亩收成有小六百了。刨去种子、化肥、农药，还有人工啥的，每亩能挣一百八，两亩就是三百六呢。

　　妈的眉眼和嘴角爬满了喜悦，一时竟忘了许诺给我们的书包和球鞋。弟弟在一边不停地提醒，妈才拧着他的脸蛋说，买买买，卖成钱就给你们买。

　　卖花生的那天是个礼拜天。爸不休息，爸去学校改学生的期中试卷了。我跟弟弟想帮忙，妈摆着手，把我们撵得老远。收花生的是两个外地男人，开着四轮拖拉机，两个人都是黑乎乎的脸膛，头发支棱得像刺猬。妈指使着他们从厢房往外搬花生，花生装在大小不一的破布袋里，男人每次往地上扔布袋的时候，妈都要心疼地叫一声，慢点儿慢点儿，花生都让你们蹾烂了。

　　妈没有让他们把花生都搬出来，搬了一部分，妈忽然就叫停了。妈像是有点儿不舍地嘟囔着说，先卖这么多吧，过段时间说不定还要涨价呢。

　　接下来就是称重。两个男人拿着一杆秤，一袋一袋称，每称一袋，妈就拿着树枝在地上记着重量。刚称完最后一袋，妈就算出了总数和价钱，速度快得让两个男人呆愣了半天。妈说，我算账很少出错的，不信你们就用算盘再算一遍。男人飞快地数了钱，递给妈说，不用了，我们相信你。

　　四轮拖拉机在扬起的烟尘里走远了。妈又开始数手里的钱，眉眼笑开了花。我远远地看着，都是十元的票子，一共二十九张，卖了二百九十块钱。妈数了两遍，拿起树枝在地上画起了鬼画符。我跟弟弟在一边看着，想等着妈画完了，提醒她书包和球鞋的事。

　　妈突然号了一声，毫无征兆地，把我和弟弟吓了一跳。妈忽地站起来，又蹲下，然后一屁股坐在地上，号啕大哭。哭了几声，妈想起什么似的，冲我歇斯底里地喊，快——快去追那个收花生的，别让他跑啦！

　　我愣怔着，不知道妈中了什么邪。妈扬起手里的树枝，冲我甩过来，快去呀！妈的嗓音里爬满了哭声，吓得我也不敢再问什么，撒腿就往外跑。跑了两步，又折回来，从车棚里推出了一辆破自行车。虽说我刚学会骑车，但总比两条腿快一些吧。

　　出村的路一共两条，通向两个相反的方向。我跟弟弟分头追，我骑着车，追到村口，路变成了三条。我漫无目的地沿着三条路分别追了一程，连个人影也没见着，只好垂头丧气地返回。

　　家里聚了很多人，大家都在劝着妈。妈的哭声已经有些沙哑，但她丝毫没有停下来的意思。我从邻居断断续续的劝解里，终于明白了事情的原委。妈记下的花生数量都是按斤算的，而称却是公斤称。也就是说，妈整整少算了一半的钱！

　　二百九十块钱，差不多就是两亩花生全部的利润！就这样没了。一起没有的，还有我和弟弟惦念了半个秋天的书包跟球鞋。

　　一连十多天，妈都寡言少语，沉浸在二百九十块钱酿造的灾难里。我不知道爸是用什么办法劝解妈的，一个多月后，我们才第一次在家里见到了妈的笑脸。

　　第二年夏收前，爸问妈，还种花生吗？妈狠狠地瞪了爸一眼，恶声恶气地说，甭跟我提花生，花生都已经死了啊！

我们都知道，妈这话是说给那两个收花生的人的。可惜的是，他们没机会听了。因为打那以后，我们家再也不种花生了。

傻四叔的幸福生活

四叔有点儿傻，认识四叔的人都这么说。小时候，在同龄的孩子里，四叔的个子是最高的，可是每次放学，四叔都是流着泪鼻青脸肿地回家。奶奶没少数落他，也没少开导他，四叔改不了。和人打架的时候，四叔站在那儿，盯着人家的拳头躲也不知道躲，像个活靶子。

四叔的书念得也不好，初中没毕业就回家种地了。爷爷是个种地的好把式，他一心想把四叔调教出来，好让自己有个喘息的时候。四叔在土地上的本事并不比读书强多少，他管理的庄稼常常让爷爷气得跳脚。

渐渐地，没有人再在四叔身上抱任何幻想了。奶奶说，知道自己张开嘴吃饭，伸出手穿衣服，知道找个媳妇过日子就行了，庄户人，折腾不起就别折腾了。

四叔当然是知道吃饭穿衣的事的。谁心里都知道，四叔不是傻，四叔是心眼儿太实了。

转眼就到了四叔谈婚论嫁的年龄，四叔又成了奶奶心头的一块伤疤，碰一碰奶奶就钻心地疼。奶奶自己就是方圆十里有名的媒婆，牵的线搭的桥不知成就了多少鸳鸯，可在四叔身上，奶奶的底气全给磨没了。姑娘一个接一个地见，走马灯似的，只一面，人家拍拍屁股就走了，连个囫囵话也不撂下。奶奶再托人去给四叔说媒的时候，媒婆们头摇得像拨浪鼓一样，任凭奶奶从城里买回的那些花花绿绿的跑腿礼，也没有再牵动谁的心思了。人家媒婆说，四叔跟人家姑娘往那儿一站，人就成了根木桩，是个哑巴还知道啊啊两声呢，四叔不知道，四叔只会涨红了脸盯着脚上的鞋尖掰指头，仿佛他的鞋尖上有人家姑娘的脸。

眼瞅着四叔的年龄越来越大了，在那个时候，年龄大了是不容易找对象的。奶奶一天天急得像火燎似的，一刻也坐不住了。她再也顾不上自己的脸面，提着东西跑到一个远房亲戚家，低三下四地求着。

奶奶的苦心为四叔迎来了又一次机会，这一回，奶奶为了不再让四叔盯着自己的鞋尖掰指头，就花了几天的工夫教四叔说一些场面上的话。那时候正是深冬，堂屋里烧着热乎乎的炕，奶奶教着四叔，见了人家姑娘就说"天真冷啊，坐在炕上暖和会儿吧"，然后又端了一筐花生放在桌子上，让四叔跟人家说"也没啥好吃的，掰点儿花生吧"。

四叔那几天啥也不做，到底把那几句话溜熟了。

见面那一天，远房亲戚把姑娘领到屋里，互相介绍了一下。姑娘是个大大咧咧的脾性，进了屋像进了自己家一样，揉着冻得通红的脸说，今儿的天真冷啊，一边就端起桌上的花生上了炕。

四叔讷讷地走到姑娘跟前，说，今儿的天真冷啊，上炕暖和暖和吧。四叔像个背书的小学生，一字一句生怕说错了话。姑娘愣了一下，扑哧一声笑了起来，我现在不是在炕上吗？四叔红了脸，四叔接着说，也没啥好吃的，掰点儿花生吧。姑娘笑得颤成了一朵花，她点着四叔说，你可真逗，我现在吃的啥？四叔就不敢再往下说了。姑娘止住笑，假装严肃地问四叔，你家是啥成分啊？四叔吭哧了一会儿，想不起奶奶教过他这些话，四叔也没有办法再去问奶奶了。他对姑娘说，俺家是贫下中农。姑娘说到底是贫农还是下中农？四叔脱口就说，好农，反正是好农。

几乎所有的人都对四叔的婚事不抱希望了，可奇怪的是，姑娘却爽爽快快地答应了这桩婚事。姑娘说，四叔心眼儿憨实，过了门不会有窝囊气吃。

就这样，姑娘成了我的四婶，四叔终于了了奶奶的心病。婚后的日子，四叔果然过得很幸福，他跟四婶的脾性正好相反，四婶麻麻利利地外交，四叔憨憨实实地干活儿，家境一天一天地显出了殷实样儿。

前几年，乡里招呼着要群众养奶牛，一头奶牛万把块钱，村里没有人敢伸头。四叔就在四婶的撺掇下从信用社贷了点儿钱，一下子就养了十头奶牛。城里人喜欢让孩子喝奶，奶在城里供不应求，奶业公司的收奶车天天开到四叔的院门口，一手交钱一手交货。收奶的人见四叔实诚，就跟四叔定了三年的合同，还付了一笔不小的定金。除了收奶，还管帮四叔提供技术。四叔很快就成了村里先富起来的一小部分，先富起来的四叔买了一辆汽车，说是为了方便业务。

四叔把汽车开进村子的时候，好多人都瞪着眼睛，伸长了脖子。他们撑破脑壳也想不明白，那个曾经傻得差点儿连媳妇也找不上的四叔，咋就摊上了这样的傻福呢？

哥哥要定亲

哥终于要定亲了。

一大早，母亲就开始忙前忙后，把哥收拾得利利落落的，然后，把一个蓝布包小心地塞进哥贴身的口袋里，布包里是 1000 元钱。相亲的时候，女方说了，给 1000 元钱，再买两件衣裳，就把亲事定下来。那段日子，为了这 1000 元钱，母亲几乎没有睡过一个囫囵觉。她先是把家里唯一值钱的一头猪低价卖了——那头猪还不够斤两，可母亲也顾不得了，又四处磕头作揖求亲戚告邻居，总算筹到了 800 元钱。还差 200，母亲实在没有辙了，最后，母亲把目光落在了我的身上。那时，我正打算去县里的一所中学复读，刚刚跟母亲要了 200 元钱。母亲犹豫着说："小小，要不……把你的学费给你哥吧？娘回来再给你筹。""我不！"我捂着口袋说，"我就不！"我知道，这钱给了哥，我就再也念不成书了。母亲的泪就下来了，母亲哀求着说："小小，你晚读一年书不当紧，总不能让你哥一辈子打光棍吧。" 我也哭了。为自己，也为哥。

那年，哥已经 29 岁了，在豫北乡下，跟哥一样大的人，孩子差不多都该念小学了，可哥仍旧单着身。不是哥长得丑，哥的模样端端正正，稍微整理一下就像极了电影里的明星。也不是哥的脑子笨，哥读小学的时候，也没少往家里拿奖状。说到底，都是因为家里穷啊。父亲在一家砖窑搬砖，不小心伤了腰，虽然没有落下什么大病，却再也干不成重活儿了。母亲守着几亩薄田，一年到头打的粮食刚够填饱全家的肚子，哪有钱给哥盖新房啊？辍学后，哥也曾提出去砖窑搬砖，母亲死活不答应，母亲说，宁可过着穷日子也不愿意家里再添一个病人了。几年里，媒人给哥介绍的对象，走马灯似的在我们家的土坯房里变着脸，来的时候都是欢天喜地的，走的时候却一个个噘着嘴，虎着脸。

我成全了哥。那天早上，哥带着钱走后，我们全家都待在家里，急切地等着哥的消息。母亲甚至隔上一会儿就要跑到村头，看看哥回来了没有。天擦黑的时候，哥终于回来了，一回来，哥就哭丧着脸蹲在院子里的枣树下，一言不发。母亲不停地追问，问了好几遍，哥才嗫嚅着说："娘，我把钱丢了。""在哪儿丢的？"母亲一惊。"在城里，买衣裳的时候，可能遭到贼了。"哥说。

哥说的话像一记闷棍，母亲立时就瘫在了地上。屋里的父亲佝偻着腰冲出来，顺手操起一把扫帚就往哥的身上拍。哥不躲，哥就那么呆愣愣地蹲着，承受着父亲暴风骤雨般的拍打。打了一会儿，父亲忽然丢了扫帚，痛苦地蹲在母亲身边，无助地扯起了自己的头发……

第二天，媒人来了，问哥为什么不去送衣裳和钱。母亲苦着脸说明了情况。媒人摇了摇头，说："老大咋这么命苦哇？"顿了一下，媒人又说："可这事咋办呢？那边说了，三天送不去衣裳和定亲钱，这事就……"媒人看看哥，又看看母亲，没有再说下去。母亲强打着精神笑了笑，说："他婶，你放心，三天里我一准把钱凑齐。"

母亲又开始借钱了。从早上天不亮出门，一直到屋里亮起了灯，母亲整整奔波了三天。三天后，母亲坐在桌前，把借来的块块毛毛都摊在桌上，和父亲一遍又一遍地数着。一共315元，离1000元还差得远呢。我听见父亲用手捶着桌子，恨恨地骂了一句："龟儿子，让他一辈子圈在家里算啦！"

媒人又来了，母亲拎出一篮准备好的鸡蛋，央求道："他婶，你能不能再去说和说和，让他们缓上一段日子？"媒人没有接，媒人瞅瞅那篮鸡蛋，叹了口气，走了。这一走，就再也没有登过我们家的门。

　　过了几天，哥又提出要去砖窑搬砖，母亲仍旧不同意。可这次哥似乎铁了心，哥说："娘，你总得让我把丢的钱挣回来吧。"母亲拿眼光扫着父亲，父亲正抽着一袋旱烟，袅袅的烟雾滑过他清瘦的脸。沉吟了一会儿，父亲终于说："还是放他去吧，总不能真的让他在家圈一辈子吧。"

　　哥收拾行囊走了。哥走的那一天，他悄悄地把我扯到一边，从怀里掏出一个蓝布包递给我。我问哥是啥，哥笑笑，什么也没说。

　　哥走出去好远，我才想起打开那个包。打开后，我就愣了，蓝布包里包着的正是母亲交给哥的定亲钱！钱上面还压着一张叠得四四方方的字条，字条上是哥的字：小小，好好念书吧。

　　我对着哥的背影歇斯底里地喊了一声："哥——"就哽咽着再也说不出话来。

送你一只羊

村长找到王大鹏的时候，王大鹏正在村后的山坡上放羊。羊们一只一只云朵似的散落在草丛里，王大鹏则悠闲地躺在午后的阳光里，有一搭没一搭地哼着曲子。

村长喊了一声王大鹏。王大鹏一骨碌爬起来，说咋啦？村长说，跟你商量个事儿。王大鹏就支棱起耳朵听。村长说，村里不是有几家困难户吗，往年都是乡里发点儿救济粮、救济款啥的，今年乡里通知说不发了，让村里帮扶着脱贫致富。咱村刚修完路，没钱，这你也知道。村里计划把这事儿包给干部，一人帮一家，每人捐献 100 元钱和 100 斤粮食。可咱村 7 家困难户，6 个干部，还落下个王贵家，我寻思着你这两年养羊富起来了，打算让你出把力，你没有意见吧？

王大鹏甩了一个鞭花儿，说，年年帮，年年穷，啥时是个头儿呀？村长脸一沉，咋，还没帮呢就不耐烦啦？乡里乡亲的，你总不能看着人家去讨饭吧？王大鹏咧开嘴笑笑，说村长您误会了，俺不是那意思。村长说不是那意思就好，明天上午 9 点，咱统一行动。

第二天上午，村长领着几个干部开始一户一户送救济，送到王贵家，村长喊，王大鹏呢？王大鹏从一边闪了出来。村长问，东西呢？王大鹏踮着脚从路边的树上解下一只羊。村长说送这个？王大鹏说送这个。村长说不是说好送钱和粮食吗？王大鹏说谁规定帮扶只能送钱和粮食？村长卡了壳。

王大鹏把那只羊牵到王贵跟前。王贵刚想接，王大鹏说，你等等，俺还有话说。俺不是要送你这只羊，这是只母羊，已经怀了崽，你喂好了，产下的崽归你，母羊还是俺的。喂不好，母羊出问题了，你得赔俺。

王贵一听，瞅瞅王大鹏，又瞅瞅村长，不知道该不该接。村长在一旁瞪起了眼，好你个王大鹏，你是帮扶呢还是讹诈呢？王大鹏说，俺咋是讹诈呢？俺好心好意送他羊呢。村长说，哪有你这么婆婆妈妈送东西的，喂不好了还得赔你，啥子道理？王大鹏说俺不管，想让俺帮扶就得答应俺的条件。村长指着王大鹏的鼻子，气得直跺脚。可村长毕竟是村长，他还是忍下来了。村长最后一拍大腿，说好，俺就应了你。

王贵牵了羊后，王大鹏隔三差五地过去瞅瞅，瞅到第五次的时候，羊不见了。王大鹏扯着王贵问，羊呢？王贵冲墙角努努嘴。墙角堆着一堆羊骨头。王大鹏一看就炸了，你把羊杀啦？王贵懒洋洋地伸了个腰，说，不杀咋办？中秋节呢，人家都包饺子，俺也馋。王大鹏吼起来，你当初可是答应过俺的，你得赔俺！王贵边剔着牙边在太阳地里坐下来，俺知道，你瞅着屋里有啥可拿的就拿吧。王大鹏满屋子瞅了瞅，除了破碗就是烂罐，满屋子馊味儿，插不进人脚。王大鹏一跺脚，说，你等着，俺找村长去。

村长听了王大鹏的来意，打着哈哈说，我当啥事呢，羊你已经送了人家了，管他是吃还是卖呢。王大鹏说，咱当时可是有协议的，你不能不管啊。村长说啥协议，我咋不知道？王大鹏说村长你想赖啊？村长一挥手，我忙呢，没工夫跟你磨嘴皮，这事回头再说。王大鹏急了，村长你要是不管俺就去告了。村长眼一斜，好啊，你倒是告给我看看。

王大鹏真的就告了。县里的两个警察很快跟着王大鹏来到了王贵家。王贵一辈子没见过警察，猛一照面，腿直哆嗦。警察问啥他答啥，竹筒倒豆子。调查完，警察问王大鹏，调解呢还是等着判？王大鹏说还是调解吧。警察说你有啥条件？王大鹏想了想说，俺那羊是只种羊，好几百块钱呢，让他赔他也没这个能力，要不这样吧，让他帮俺养两个月羊，就算两清了。警察又问王贵，行不？王贵点头如捣蒜。

　　村长知道了直骂王大鹏黑心，想当地主呢，让乡里乡亲的给你当长工！村里人也跟着骂。王大鹏不理。王大鹏让王贵一心一意帮着他养羊，从下崽饲喂放养，到选种防疫看病，样样不落。两个月很快就过去了。工期满的那天，王贵想走，王大鹏扯住了他。王大鹏从羊圈里抱出两只仔羊，递给王贵说，你赔俺的羊是怀了崽的，俺说过，羊归俺，崽归你，这两只羊就是你的。王贵迟疑了一下，接了过来，想说点儿啥，嘴巴动了动，终于没有说出来。

　　王贵这次没有杀羊，而是把羊精心喂了下来。那羊真是好，不到两年的工夫，滚雪球似的成了一群。王贵也开始甩着鞭花儿放羊了，每回路过王大鹏的门口，王贵都会扯着嗓子吼一声，王大鹏，这回别说一只羊，就是十只羊俺也能赔你啦！

　　听到的人都笑，王大鹏也笑，而且是笑得最开心的一个。

父与子的对话

　　孩子和男人坐得很近，脸几乎就要贴在一起。看得出来，孩子很兴奋，稚气的脸上全写满了。

　　"爸爸，"孩子说，那口气像是在呼喊，"告诉你一个好消息，我当班长啦！"孩子六岁，六岁的孩子在市里一所重点小学读一年级，动不动就往家里捧各式各样的奖状。

　　"是吗？"男人咧开了嘴，一朵笑在唇边悄无声息地绽放。已经很久没见到孩子这么开心了，有多久呢？男人的心有蜂蜇过，隐隐地一疼。

　　"是啊，"孩子蜷缩成一只小鹿，努力地往男人身边拱着身子，"老师说，以后的自习课，她不在的时候，就由我负责呢。老师还当着全班同学的面，说我是小老师。"

　　"是吗？"男人重复着刚才的话，侧过头，很认真地倾听，完全不像他坐在主席台上滔滔不绝的样子。

　　"对了爸爸，我还给你带来了两件礼物。"孩子把手伸进背包，摸索出一本花花绿绿的画报，还有一件玩具。孩子把画报摊开，然后指给男人看："这是一个探险迷宫，一共十关，你只有找对前面的出口，才能知道下一关的入口，特有意思。"

　　"妈妈买的？"男人扫了一眼画报，目光落到了孩子身边的女人的脸上。

　　"才不是呢。"孩子撇了撇嘴，把手搭成喇叭状，说起了悄悄话，"实话跟你说吧，这是我在自习课上没收的。当时，老师让预习课文，可是坐在我前排的孟小毛却把头埋在桌斗里，偷看画报，被我给当场缴获了。"

"为什么不交给老师呢？"男人刚刚还在跳动的眉梢，忽然蹙了起来。

"我本来是想交给老师的，可后来觉得画报很好看，就自己留了下来。"孩子可能觉着理亏，垂下了头，声音轻得像蚊子。

"老师信任你，才让你当班长，你也得让老师放心不是？画报是你没收的，但不是你的，明白吗？"男人耐心地说。

"我知道，可是，不就是一本画报吗？"孩子不以为然。

"现在是一本画报，可将来也许就不只是画报了。"男人的语气凝重起来，"古人说，小时拿针，大时拿金。意思就是说，小时候拿人家一根针不当回事，长大了就会去拿人家的钱……"

"我才不会拿人家的钱呢。"孩子急切地打断了男人的话，像是要甩掉沾在身上的污点。

男人怔了一下，一时不知道说什么好了。男人看见了孩子手里的另一件东西———一个机器人玩具，于是岔开了话题："还有一件礼物呢，给爸爸介绍一下吧。"

"这个是电动奥特曼，它会很多招式呢，可厉害啦。"孩子毕竟是孩子，脸上的阴云一扫而光，灿烂起来。孩子还接通了电源，奥特曼果然开始舒展四肢，摩拳擦掌。

"嗯，不错。"男人点了点头，"这个该是妈妈买的吧？"

"也不是。"孩子一边逗弄着机器人，一边漫不经心地答，"这个是刘小柳送的。"

"他为什么要送给你呢？"

"老师让班长推荐小组长，刘小柳想让我投他一票。"

"又犯错了不是？"男人的眉再次蹙了起来。

"这个是他送的，又不是我拿的。"孩子辩解道。

"那他为什么不送给别人呢？"

"别人不是班长，没法投他的票。"

"对啊，你可以投票，所以他才会送玩具给你。那你说，他适合当组长吗？"

"他呀，笨死啦，老是抄我的作业。"

"那你会投他票吗？"

孩子不吭声了。

"吃人家的嘴软，拿人家的手短。知道是什么意思吗？"

孩子懵懂地点点头，又摇了摇头。

男人探过身子，还想讲下去，一直缄默着的女人插了话进来，女人不满地说："跟孩子扯这些干什么呀？孩子天天想你，好不容易见一次，就不能说点儿开心的？"女人把孩子从椅子上抱了下来，"好了，我们该走了。"

刚走到门口，男人的声音又急切地追了过来："回去后，记着让孩子把东西还给人家，千万别忘了啊！"

"知道了。"女人应了一声，没有回头，扯着孩子加快了脚步。

沉重的铁门在身后"咣当"一声，隔断了男人的视线。

孩子望着那扇铁门，抽搭着鼻子问："爸爸什么时候才能回家啊？"

"学习完了就回来。"女人慌乱地敷衍着。

"学习？"孩子睁大了好奇的眼，"学习什么呀？"

"重新做人。"女人盯着孩子乌黑闪亮的眸子，一字一顿地说，像是要把几个字嚼碎了，融进孩子的骨子里。

班里来了个新老师

老师推门进来的时候，班上仍旧乱哄哄的，嘈杂得像个菜市场。我们几个坐在后排的男生，旁若无人地喧哗着，尤其是吕飞，上衣纽扣散乱着，露出黑乎乎的胸脯和一根根肋骨，一只脚还放在课桌上，不停地抖动着，像是街市上的流氓无赖。

我叫李晓芳。老师一边自我介绍，一边拿起粉笔开始在黑板上工工整整地写下自己的名字。教室里的喧闹声小了下来，我们的目光转向了这位新来的老师，一身天蓝色的套裙，齐耳短发，瓜子脸，大眼睛，娴静漂亮。

还没等老师写完，吕飞就在后面摇头晃脑地哼唱起来，村里有个姑娘叫小芳，长得好看又善良，一双美丽的大眼睛，辫子粗又长……声音虽然不大，但全班的同学肯定都听见了，因为大家都笑得前仰后合，一点儿也不像上课的样子。

吕飞就是为了故意惹这位新来的李老师生气的，他喜欢惹老师生气，之前的那个班主任就是这样被他气走的。但李老师回过头的时候，我们发现她竟然还笑着，露着好看的牙齿。刚才是谁唱的？不错啊，挺好听的。李老师温柔地说，可惜这节课不是音乐课，而是语文课。这样吧，如果真的想唱歌的话，星期三的时候，我可以和音乐老师商量一下，把我们的班会改成班级演唱会，给大家一个尽情展示的机会，好不好？

教室里出现了短时间的宁静，然后是一阵掌声，很热烈，看来大家开始接受这位新来的女老师了。吕飞撇了撇嘴，他不甘心自己就这么失败了。吕飞从座位上站起来，说，老师，你不敢！李老师仍旧保持着微笑的样子，问为什么？不为什么，吕飞说，反正你不敢。李老师歪着头想了想，说，这样吧，我们打个赌，如果星期三能够举办班级演唱会的话，你就第一个给大家唱歌好吗？要是你输了呢？吕飞也斜着眼问。你说吧。李老师微笑着望着吕飞。要是你输了，以后上课的时候，我们想怎么样就怎么样，你不要管。吕飞扬着一脸坏坏的笑。

接下来，我们就开始等待班会的日子，我们这帮调皮的男生还是第一次这样热切地等待一节课，虽然等待里充满了火药味。

星期三下午，李老师真的来了，还带来了一架钢琴。简短的开场白后，李老师坐在了钢琴边，用期待的眼神望着吕飞。几十双眼睛也都望着吕飞。吕飞忽然变得像个女孩，脸颊羞得绯红，忸忸怩怩的样子，全然失去了平时的蛮横和威风。

唱吧。李老师鼓励着。班上一些同学也跟着附和。唱就唱。吕飞吸了一下鼻涕，清了清嗓子，开始唱起来，他唱的是《外婆的澎湖湾》，声音很小，像蚊子哼哼，哼哼声完全淹没在钢琴声里了。大家鼓励一下，让吕飞同学唱得声音大一点儿，好不好？李老师提议道。

班上响起了热烈的掌声。吕飞犹豫了一下，声音大了起来，音调也渐渐地变得正常。正常起来的吕飞唱得很好听，尤其是在李老师悠扬的琴声里，我们都听得如痴如醉。唱完后，李老师第一个鼓起了掌。

接下来，同学们挨着顺序，一个接一个地唱，气氛异常地热烈。

班会进行到一半的时候，教室的门忽然开了，校长走了进来。大家一下子愣住了，空气中充满了紧张的气氛。紧绷着脸的校长看看我们，又看看李老师，对着李老师一招手，说，你到我的办公室来一下。

李老师跟着校长走了。大家一时面面相觑，不知道该如何是好。吕飞自告奋勇地站起来说，我去看看。说着就悄悄地跑了出去。回来的时候，吕飞噘着嘴，说，李老师让校长训哭了。说这话时，吕飞一脸的凝重，丝毫没有以前幸灾乐祸的样子。大家静了下来，都不说话。

过了一会儿，李老师也回来了，眼睛红红的，看来是真哭了。但她的脸上还是挂着微笑，轻轻地对我们说，好了同学们，班会继续举行，不过为了不影响别的班级上课，我们不唱歌了，改成朗诵，好吗？

那节班会后，我们都变了。尤其是吕飞，一到李老师的课，就坐得端端正正，像是一个小学生。

后来，高考的时候，我和吕飞都出人意料地考上了大学。即将离开那所中学的时候，我们几个男生商量着，给李老师买了一份小礼物——一个漂亮的笔记本和一支钢笔。然后，大家在笔记本的扉页上开始留言，每人写一句发自内心的话。

轮到吕飞的时候，他拿着笔想了想，写道：我是一个孤儿，从小跟着爷爷奶奶长大，从来不知道母爱是什么滋味，是您，李老师，让我重新感受到了那种滋味。我多想喊您一声妈妈啊，可是，我听说，女人是不喜欢人家把自己喊大的，那就允许我喊一声姐吧！姐姐，您听到了吗？我会永远记住您，是您改变了我的一生。

写这句话的时候，我们看见，一向吊儿郎当的吕飞，眼睛里竟然有晶亮的东西在不停地闪动。

名师的诞生

学校请了一位名师，校长打算让他给我们上堂示范课。校长说："让我们这个小城的中学也学点儿先进的教学方法，与全省一流接轨。"

名师叫王大鹏，省特级教师。在省教育界，王大鹏的知名度不亚于风靡全国的"超女"。凡是夹着根教鞭站在讲台上的，没有人不知道他，甚至有老师开玩笑说："当老师不知道王大鹏，就比如法国人不知道拿破仑、美国人不知道华盛顿。"

第二天一早，我们便整整齐齐地坐在了教室里，殷切地期盼着这位仰慕已久的名师的到来。学校安排的示范课在第一节，八点整，名师准时出现在了教室里。在校长的欢迎辞后鼓完掌，大家多多少少都有点儿失望，站在我们面前的名师三十来岁，人长得清清瘦瘦，个子也不高，完全不是我们想象中高大的样子。

开始上课后，名师先来了段开场白："同学们，大家好，今天，我不是来给你们上什么示范课的，而是来互相学习的。等会儿我讲课的时候，第一，大家不要记笔记，只管动用两只耳朵就够了；第二，如果我有讲得不对的地方，只管提，我这人脸皮厚，大家不要担心我找不到地缝去钻；第三，你们有什么问题想提问，随时可以举手，我的话也不是金枝玉叶，打断了不用赔钱；第四，如果你觉得我讲得不够好，可以看点儿闲书，也可以打打瞌睡。不过我要提醒大家，尽量不要交头接耳，以免吵醒那些打瞌睡的同学。废话完了，言归正传——"

名师的开场白赢得了一片笑声，还有不少掌声。大家笑了一会儿，又都恢复了正襟危坐的样子。我在心里暗暗地给这位名师的亮相打起了分，分数不高。我总觉得，一个老师在学生面前就该树立起师威，说白了就是让学生有点儿怕你才对，怎么能这样嘻嘻哈哈呢？

不过说实话，名师的课讲得还不赖。他没有带教案，手里只捏着一支粉笔，却把通篇课讲得言词生动有趣，章法分明。讲课的间隙，还不时地穿插些互动游戏，让学生自己发现问题、提出问题、解决问题。课堂气氛极是活跃，始终也没有出现看闲书和睡觉的现象。

但我还是认为，这堂示范课并没有什么特别出彩的地方，除了调动学生的积极性上有些另类，别的方面也实在有负"名师"的头衔。

临近下课的时候，名师又别出心裁点了几名学生，让他们谈谈这堂课的收获。被点的学生都很兴奋，先报自己的名字，再讲收益一二三。点到王旈的时候，出了一点儿意外。王旈没有老老实实报自己的名字，而是径自走上讲台，在黑板上写下了"王旈"两个字，然后一脸坏坏地笑望向名师："老师，这就是我的名字。"

王旈是班上最调皮的学生，他的老爸也不知道从《汉语大词典》的哪个旮旯里翻出了这么一个字，给班上的老师没少出难题。据说王旈用这种办法，让不少初上讲台的老师下不了台。不过王旈也因为这点儿小阴谋，没少被老师罚站。

现在轮到这位倒霉的名师了。名师看看黑板上的字，又看看王旈，温和地说："比脑筋急转弯还难呢。不过我也要行使一下我的权利，底下哪位同学愿意帮我念一下？"

没有人搭腔，大家都屏息静气，等着看热闹。

"好，"名师转向王旈说，"这位同学，你的名字起得不错。不过老师很惭愧，这个字我也不认识，你能告诉我吗？"

名师的回答让王旈一愣，也让我们这些听课的学生一愣。迟疑了一下，王旆回答："王旆（zhān），旆的意思是'红色的旗'。"

"嗯，寓意不错，"名师伸出了拇指，"谢谢你今天教了我一个字，也算是我的一字之师了。"说完，名师低下头向王旆鞠了一躬。

这大大出乎王旆的意料，也出乎我们大家的意料。片刻的宁静后，不知是谁带头鼓起了掌，紧接着，掌声如潮水般淹没了我们的思绪。

班里来了个新学生

和平路小学一年级 2 班的班主任吴老师最近总有件事让她担心。

要说事也不大。校长领来一名新生，叫王梅，安排在了吴老师的班上。王梅太特殊了，竟然是一位跟吴老师年纪差不多的女人！

一个礼拜的课程结束后，吴老师的担心应验了。那天，教数学的刘老师气冲冲地来找吴老师，张嘴就说："求求你，把王梅弄走吧，不然，这课没法上了。"

原来，那堂数学课上，刘老师出了一道题，让大家回答："小明拿着钱去买热狗，买一个余 2 元，买两个差 3 元，一个热狗多少钱？"

坐在后排的调皮男生王小淼把手举得老高。刘老师点了他的名，王小淼站起来说："我不会。"刘老师有点儿生气："不会举什么手呀？"王小淼一指身后的王梅："老师，她会。"

刘老师就望着王梅，全班同学都望着王梅。王梅扭捏着站起来，掰着手指算了半天，才小声回答："5 元。"

刘老师很高兴："非常正确，请坐。"受了鼓舞的王梅没有坐，却忽然大着胆子问了一句："老师，一条狗才 5 元钱啊？"

短暂的寂静后，课堂立时便被一阵笑声淹没了。不少同学一边笑一边跺着脚，有几个甚至笑得捂着肚子，滚到了课桌底下。课堂秩序顿时大乱，任凭刘老师怎么敲桌子，也没人再听他的了。

"吴老师，你说，这样下去，我的教学计划还不全乱套了？完不成既定的教学目标，责任算谁的？"刘老师推了推鼻梁上的眼镜，越说越激动。

吴老师的心里也很乱。可她毕竟是班主任，何况，校长当时也曾语重心长地跟她讲过一番道理。

吴老师只好安慰刘老师说："王梅这样的年纪，又拿起书本，甘当一名小学生。这种精神和求知的勇气，作为教育工作者，我们唯有尊重。"

没想到，数学课风波平息没几天，又出了一件麻烦事。

周五，学校举行体操比赛。比赛以班级为单位，全员参加。赛前，体育老师建议，不让王梅参赛。吴老师思谋了半天，还是决定让王梅上。说到底，这不过就是个学校内部的赛事，拿不拿名次无所谓，伤害了王梅的自尊心，问题可就大了。

比赛一开始，果然不出体育老师所料，王梅身体僵硬、迟缓，类似于扭秧歌的动作，严重影响了班级的协调性。到最后，全班同学都停下来，盯着王梅一个人，笑得前仰后合，像是在看马戏团的猴子。比赛陷入了混乱。

更让人难堪的是，市教育局的领导竟然微服私访，目睹了那场"混乱"的全过程，并且还录了像。

面对这一切，吴老师再也坐不住了。她一狠心，迈进了校长的办公室。

听完吴老师的"控诉"，校长没有急着表态，而是笑呵呵地为吴老师倒了一杯水，然后漫不经心地说："吴老师，我看这样吧，明天，你到王梅家里搞个家访，顺便把转学的事告诉她，好吗？"

吴老师想了想，点了点头。

王梅的家在市郊。吴老师骑着自行车，在一片低矮破旧的居民区里七扭八拐了好长时间，才好不容易找到。一进门，吴老师就看见王梅趴在客厅的饭桌上，正在给一个男孩辅导功课。男孩八九岁的样子，身子消瘦单薄，让吴老师吃惊的是，男孩的脸庞有些扭曲，眼神有些呆滞，嘴角挂着长长的涎水，也不晓得擦一下，一看就知道是智障。

见到吴老师，王梅惊讶得张大了嘴巴，半天才想起来为吴老师让座。

"他……"吴老师一时不知该怎么开口。

王梅涨红了脸，窘得像个犯了错误被人当场揭穿的小姑娘。她说："他是，我儿子。"

一阵尴尬的沉默之后，王梅抿着嘴唇，像是下了很大的决心，说："吴老师，既然您已经看到，我也就不瞒您了。我儿子，患的是脑瘫，看了很多医生，都说治不了。既然老天让他成了这个样子，我们也只好认命。可眼瞅着儿子长大了，总不能让他长成白痴吧。我决定让他读书，跟别的孩子一样，背上书包进学校。那些天，我跑了很多小学，却没一家愿意接收。我能理解，儿子这个样子，进了学校也只能是个累赘。后来，我想了一个办法，替儿子上学，然后再回来教他。可是，学校也不肯收我。没办法，我只好跑到市教育局求人，刚巧在那里碰上咱们的校长。校长听了我的遭遇，当即同意接收我，还答应为我保密。吴老师，我知道自己给学校添了很多麻烦，可我不是成心的，真的不是……"听到这儿，吴老师的脸上淌满了泪水。

回来的路上，吴老师把车蹬得飞快。她想去告诉校长，王梅这个新生她们班要定了，谁也甭想把她撵走。

我想看看天安门

许强师范毕业那一年，去了西部一个贫穷的山区小学，许强在大三暑假的时候曾经在那个小学待过两个月，所以学院领导征求许强的意见时，许强毫不犹豫地做出了选择。当时，同学们都不理解，凭着许强的成绩，是可以留校的，没有必要把自己丢进大山里受苦。很多人就都劝许强认真考虑，不要图一时的冲动。许强听了一笑置之。

村子里的人听到许强回来的消息，都很兴奋。特别是那些孩子，已经把许老师当成了自己的爸爸妈妈，一放学就挤到许强的宿舍，听许强给他们讲多姿多彩的外面的世界。村民们也很热情，不时地给许强送一些吃的东西。每天早上，许强打开房门，都会看到门口放着几个鸡蛋、几棵青菜或者几张油饼。

有一天，一个市报记者到山里采风，不知怎么就听说了许强的事，便赶过来采访。不久，有关许强放弃繁华都市、扎根贫困山村的故事就出现在了报纸上，许强一下子成了新闻人物。

年底的时候，市里评选十大杰出青年，许强毫无争议地以满票入选。参加完颁奖仪式，许强又被记者们围了起来，一个记者问，许老师，你现在心里最想说的话是什么？

许强迟疑了一下，有些不好意思地说，我想问一下，这次当选的人……有……奖金吗？

现场一下子就静了下来。过了半天，才有一个记者想起来问，你想要多少钱？

　　五千吧。许强说。

　　围着的记者不相信自己耳朵似的盯着许强，像是盯着一个怪物。后来，还是最先采访过许强的记者，把许强的要求告诉了组委会。组委会的人也很吃惊，这次评选原本是没有奖金的，但是，考虑到许强现在的处境，组委会的人还是破例给许强发了一千块钱。

　　这件事立刻又成了市报的新闻，市报甚至发起了一场大讨论，杰出青年该不该要奖金？讨论很激烈，很有点儿针锋相对的火药味。

　　可许强已经不在意这些了，许强的脑子里满是兴奋，大三那个暑假的遭遇又浮现在了他的脑海里。那次，许强就是在这个村子支教。村子在大山深处，像是一个与世隔绝的世外桃源，不通车，离村子最近的镇子也得走十多里。在许强之前，已经有好几个支教的老师一进村子就被这里的贫穷吓跑了。村民们对来支教的老师的热情也越来越少，这一点，许强从接待他的村长眼里已经读出来了。村长面无表情地把许强带到了村小学，说是村小学，其实就是几间由一个旧山神庙改成的房子。

　　安顿好以后，许强就开始教孩子们上课。学校一共有三十多个孩子，分四个班，算上许强一共两个老师。许强教孩子们"上下左右你我他"，"1＋1＝2，5－3＝2"，还教孩子们跑步、跳远，画太阳、月亮、向日葵。

　　一天，许强上美术课的时候，要求孩子们画一画心中的北京天安门。可是，布置完作业，却没有一个孩子动笔。同学们怎么不画啊？许强好奇地问。孩子们手支着下巴，眼睛盯着他们的许老师，还是一动不动。许强就指了一个离他最近的女孩子，你说说，为什么不画啊？

　　小女孩红着脸站起来，怯怯地问，许老师，天安门是什么样子啊？

　　小女孩一开口，别的孩子也跟着问起来。

　　许老师，天安门也是石头砌成的房子吗？

　　天安门有我们学校大吗？

天安门里是不是也有好多好多的马车？

住在天安门里的人也要去背水吗？

许强一下子就愣住了，他没有想到孩子们心里的天安门会是这个样子。许强的鼻子酸酸的，他抹了把脸，说，你们先等着。许强跑回自己的宿舍，在纸箱里翻了起来，可是找了半天，也没有找到一张有关天安门的图片。许强很失望，那一节课，许强没有再让孩子们画天安门，他想把这一节课留到以后，让孩子们亲眼看一看天安门，然后再去描绘它的样子。

这个想法直到许强离开也没能实现，许强的老家也在山区，上学的钱还是自己贷款来的，许强实在是无能为力。

但是这一切，许强谁也没有告诉。许强已经顾不上再去告诉别人了，他现在正和山里的孩子们一起，沉浸在另一种节日般的欢乐里。许强把从市里买回来的五颜六色的画笔、铅笔、作业本，还有各种各样有着好看的宏伟的天安门画片的图书，分发到孩子们手里，然后微笑着站在一边，看着孩子们一个个兴高采烈的样子。

许强的耳朵里充满了孩子们的笑声，那笑声银铃似的，无比甜蜜。

做洗楼工的男孩

两年前，我曾被借调到市里的一家机关帮忙。那是一家规模很大的机关，光办公楼就有九层，我所在的办公室就在九楼。去的时候正好是炎热的七月，办公室里开着空调，凉风习习，隔着一层玻璃的窗外却是灼人的热浪，仿佛两重天地。所以中午吃饭的时候，大家几乎都在机关里解决，很少有人愿意顶着太阳回家。

七月底的一天，机关接到通知，说是省厅要来检查工作。上级领导要来，机关的面貌自然得改变一下，不光是人员的精神面貌，还有工作环境。于是，机关领导研究决定，请一家专业的洗楼公司把办公楼清洗一下。

洗楼公司的人很快就来了。那天上午，我正坐在电脑前忙活，忽然，紧邻着办公桌的窗外有一个黑影晃了一下，吓了我一跳。仔细看时，才知道是一个洗楼工。以前只知道有人把洗楼工称作"蜘蛛人"，但对这个行业并不了解，现在，一个洗楼工就这么突然地趴在我的窗外，这让我多了一份好奇和探究的念头。

那是一张年轻的脸，顶多只有十八九岁，蓬乱的头发和黝黑的肤色仍然遮不住他满脸的稚气。发现我在看他，那张脸冲我笑了笑，然后继续着手中的活计。一件黑色短袖已经湿透了，紧紧贴在他的身上，他没有时间管这些，他甚至都顾不上擦一下满脸的汗。

那一刻，我的心一阵悸动。这原本是该待在校园里读书的年龄，可是，他却系着一根绳子，被吊在几十米的高空，吊在一个高危险、高强度的职业里。我觉得有必要帮助一下这个一窗之隔的男孩，因为这太残忍了。是的，残忍，这就是我脑子里当时跳出来的一个词。

没有多少犹豫，我去找了机关的领导，向她坦陈了自己的想法，我说："他这样的年龄虽然不是童工，但还是不适宜从事这样危险的工作，何况又是在高温天气里，会出事故的。"机关领导是位五十来岁的中年女性，生着一张圣母般慈祥的脸。听完我的话，她当即就跟着我走到那扇窗前，伸出脑袋仔细看了看，然后轻轻地叹了口气，她一定是想起了自己还在念大学的孩子，我听见她说："好吧，我去打个电话，让他们换一个人。"

第二天，我就发现，大楼外的洗楼工里没有了那个男孩的身影。我的心里一阵轻松，整个上午，都沉浸在自己小小的成就感里。临近下班的时候，门开了，一个年轻人闯了进来，正是那个做洗楼工的男孩。"是你出主意让公司换人的吗？"男孩开门见山地问。"是啊。"我说，我以为他是来道谢的。没想到他冷着一张脸说："我一没有消极怠工，二没有做错活计，为什么要辞掉我？"我连忙解释："不是辞掉，是在帮助你，帮助你摆脱这种高危险、高强度的工作。"

"我不需要你的帮助！"男孩并不领情，"你知道吗？我妈还指望着这份工作为她换取医药费呢，我妹妹也等着我为她筹集学费。现在，工作丢了，我该怎么办？""你还可以另找一份力所能及的工作呀。"我开导他说。

"你说得倒轻松，你以为工作那么好找呀。就是这份工作，我也是托了熟人才找到的。再说了，即便能找到，也不会有这么高的工钱了，我现在需要的是钱，不是可怜！"男孩的语气激动起来，眼里也噙满了委屈的泪水。

我有点蒙了，我没想到会是这样一种结果。也就是从那时起，我才明白，生活中真正需要帮助的，不是那些正在辛苦工作的人，而是没有地方让他去辛苦工作的人啊。

一次简单的测试

丹丹老师是光明小学二年级的班主任。丹丹老师是去年才从师专毕业的，因为教课方法灵活、模式新颖，丹丹老师很快就开始独当一面。

丹丹老师不但课讲得好，还特别注重学生的素质教育。每周二下午的班会，丹丹老师都会把学生家长们请来，与学生一起就一些很实际的问题展开讨论，互相学习。

这一天，照例是班会的日子，学生和家长们早早地就坐在了那间大教室里。

丹丹老师来了，她微笑着站在讲台上，两只会说话的眼睛望着那些坐得端端正正的家长和学生，甜甜地说："各位家长、同学们，在这次班会之前，让我们先来做一个简单的测试，好不好？"

"好——"学生们齐声回答，一个个脸上洋溢着兴奋的表情。

丹丹老师很满意，她说："我先问一下同学们，大家有谁记得自己的生日是哪一天？还是老规矩，知道的请举手。"

学生们齐齐地把手举了起来，教室里像忽然间长出了一片小树林。丹丹老师环视了一下，说："很好，请放下。下面，我再问一下同学们，有谁记得自己爸爸妈妈的生日是哪一天？"

教室里出现了一阵窃窃私语的声音，家长们都在看自己的孩子，不少孩子都低下了头。虽然陆陆续续地也有人举起了手，可稀稀拉拉的。

丹丹老师没有就此结束，她接着说："下面该家长了，记得孩子生日的请举手。"

"记得父母生日的请举手。"

一屋子的家长开始面面相觑，像孩子们一样，虽然陆陆续续有人举起了手，却还不到三分之一。

丹丹老师摇了摇头，切入了正题："通过这次测试，我不说你们也都清楚了，家长和孩子一样，大家都不是太在意父母的生日。我们一直在讲尊敬师长，这不只是孩子一方面的事情，还有家长，家长也该以身作则，这样结合起来的教育才能事半功倍。"

丹丹老师正讲得声情并茂，教室里忽然举起了一个学生的手，获准站起来后，学生问："老师，您记得爸爸妈妈的生日吗？"是个男孩，坐在最后一排，一个不显山不露水的位置。

教室里一下子安静下来，所有人的目光都望向了丹丹老师。丹丹老师显然没有料到会出现这样的情况，她呆立在讲台上，一时竟然手足无措。

还是一个家长反应快，她站起来说："丹丹老师一定记得的，星期天我去订蛋糕，恰好碰上丹丹老师，也订了一个很大的蛋糕。丹丹老师还没有结婚，这蛋糕想必就是送给父母的吧？"片刻的宁静后，不知是谁带头鼓起了掌，顷刻间，教室里掌声一片。

在热烈的掌声里，丹丹老师悄悄地转过身，揩了把脸上的汗。她想起了那个大蛋糕，还有男朋友看到蛋糕时灿烂的笑脸。

小米的一生

小米从小就不是一个听话的孩子。

念小学时，小米经常逃课，一个人跑到郊外去掏鸟窝，要不就是拎了弹弓，对着邻居家的玻璃练准头儿。那时候，常常有人告到小米的家里，让小米的屁股上没少挨父亲的棍子。后来，父亲也懒得动手了，再有人告，他便把小米拎到人家的菜园子里，说："让他给你的菜园子浇三天水吧，也好让他长点儿记性。"于是，经常有人看到瘦小的小米拖着平板车，帮人家往菜园子里送水，一头汗一身泥的。

到了初中，小米喜欢上了读书。不是读语文、数学、外语，是课外书。小米跟着父亲去城里的大姑家走亲戚，在大姑家的客厅，小米发现了好多表哥读过的插画书，花花绿绿的。小米从里面翻出了几本《三国演义》和《水浒传》，偷偷地揣进了怀里。小米在家里不敢看，他只好在课堂上看。把课本竖起来，遮住老师的视线，然后把自己沉浸到那种"风风火火闯九州"的侠义故事里。有一回，小米看得入了迷，连老师走到跟前也没有察觉。小米的那些书被老师"缴"走了，还被罚擦了一个星期的黑板。

小米在读高中的时候，身上的叛逆性格越来越凸显了。学校在镇子上，镇子里有几个辍了学的小混混，整天游手好闲，动不动就到学校门口寻衅滋事。学生们都挺害怕的，避之唯恐不及。小米不怕，小米一听有架打手就痒痒。小米就在学校找了几个不喜欢读书的学生，成立了一个小帮派，专门对付校外的几个混混。动手动脚自然是免不了的，最厉害的一次，小米拎着砖头砸烂了人家的头。为这件事，小米的父亲赔了人家好多医药费，小米也差一点儿被学校开除。

高中毕业后，小米没有考上大学。事实上，小米根本就没有参加高考。他把课本往角落里一丢，就出去打工了。小米没有手艺，也没有文凭，只好做体力活儿。小米在一家建筑工地给人搬砖头，钱虽然挣得不多，可总比念那些让人头疼的书强一些吧？小米这么认为。

那天晚上，小米很晚才从工地上回来，路过一条僻静的街道时，忽然听到有人喊"救命"。小米就去了，是个歹徒在抢劫，歹徒眼看就要得手了，被小米一搅和，歹徒恼羞成怒，拔出了刀……

小米走了。

小米是因为见义勇为走的，小米的行为在小城里引起了一场轰动。县里把小米作为一个榜样树起来，让大家学习。县里的领导还专门让人给小米写了悼词，悼词中有一段话这样评价小米："……小米同志的这种见义勇为行为不是偶然的，而是从小就培养起来的。上小学的时候，小米同志就经常学雷锋做好事，帮助邻居拉水浇菜园。到了初中，他又喜欢上了文学，业余读了不少《三国演义》《水浒传》等文学名著，不断陶冶自己的情操。小米同志在镇子上念高中的时候，他为了保护同学不被社会上一些流氓欺负，小小年纪就敢挺身而出，与坏人作斗争。他虽然没有考上大学，但小米同志没有自暴自弃，而是俯下身子，用自己的双手为这个社会创造着财富。正是这样的思想、信念和对待生活的态度，让小米同志在碰到歹徒的时候，置生死于度外，眼里只想着他人，最终献出了年轻而宝贵的生命……"

在小米的追悼会上，当县里一位领导声情并茂地念起这段悼词的时候，很多人的眼眶都湿润了，甚至还有人哭出了声，他们都为失去了这样一位彻头彻尾的好同志而伤心不已。

一次特殊的采访

　　我大学毕业分到报社没多久，就接到一个任务，独自去采访一对感染了艾滋病的母女。

　　本来这次采访是要同事刘浪去的，但刘浪前段时间去省城学习，要一个礼拜才能回来，报社又急于推出这个有价值的题材，所以就打算让我试试。

　　简单介绍完任务，编辑部王主任有些不放心地问："怎么样，有问题吗？"

　　"没问题。"我当时就毫不犹豫地应了下来。从小就把记者这个职业当作理想的我，正苦于没有一个重大题材来表现自己，现在机会来了，我能错过吗？

　　"不过，你要有心理准备。"临走时，王主任又提醒说，"这对母女自从被查出感染艾滋病后，男人离家出走，邻居们也纷纷躲避，生活的困窘和疾病的折磨让她们变得自闭而敏感。之前，有好几家报社的记者都没能采访成功。"

　　接了任务后，我精心地准备了一下，并且上网恶补了不少有关艾滋病的知识，第二天，便带上相机、采访本和录音机出发了。按照王主任提供的地址，我坐了四个多小时的汽车，然后又步行十多里，才到达那个叫柳沟的小山村。

　　一进村子，我的心忽然莫明其妙地狂跳起来，虽然知道艾滋病在正常的接触中没有传染性，可还是有些隐隐的害怕。我不断地做着深呼吸，像当年迈进考场时那样，一路忐忐忑忑地走进了那个叫刘会英的女人的家。

刘会英家的贫穷出乎我的意料，除了"家徒四壁"，我实在找不出更合适的词来形容它。一间不足二十平方米的屋子里摆着一张木板床、一张小方桌，桌子上凌乱地放着碗筷、啃剩的馒头和一碟干咸菜。我进去的时候，刘会英就坐在桌子前的小板凳上，怀里抱着三岁的女儿，女儿正拱在她的怀里吃奶。见了我，她也不避嫌，只是木然地撩了一下眼皮，然后继续给自己的女儿喂奶，好像我是刮进来的一阵风。

我小心翼翼地在刘会英的对面坐下来，尽量用拉家常的语气跟她说："您好，我是市报的记者，想了解一下你们的情况。"

没有反应。

我以为她没有听清，又提高嗓音重复了一遍。还是没有反应。我有点儿尴尬，一时手足无措。怔了一会儿，心想自己总得做点儿什么，不能这么白来一趟。于是，我掏出相机，想拍几张她们的生活照。刚举起相机，刘会英忽然扬起头，冷冷地阻止了我："你们这些记者，就别来出我们的丑了，难道还嫌我们过得不够惨吗？"

我连忙解释："大嫂，不是出你们的丑，是想唤起社会对你们的同情心。"说着，手指一按，灯光一闪，刘会英母女就定格在了我的镜头里。没想到，这个不自觉的举动刺激了刘会英的神经，她一下子跳起来，劈手就来夺我的相机，披头散发的样子凶猛得吓人。

我吓了一跳，慌忙躲开，然后狼狈地逃了出来。老实说，我不是怕她弄坏了相机，而是担心她会碰到我。

采访以失败告终。

我把经过讲给王主任听，他轻轻地摇了摇头，说："只好等刘浪回来了。"出门时，我在心里不服气地嘟囔了一句："难道刘浪生了三头六臂，就能降伏那个性格有些变态的女人？才怪！"

一个礼拜后，刘浪风尘仆仆地回来了。领了任务，气也没喘一口，又马不停蹄地奔赴柳沟。我本来想跟着去的，刘浪不让，刘浪说："这样的事，去的人越多越被动。"

刘浪是早晨走的，一直到第二天下午才疲倦地回来。让我吃惊的是，刘浪不仅带回了刘会英母女大量的生活照，还带回了他们的对话录音。编辑录音的时候，我听得呆了，一向视记者为洪水猛兽的刘会英，在刘浪面前，竟然像个患了话痨的孩子，毫不设防地把自己母女的经历吐了出来。似乎她面对的不是一个记者，而是自己的丈夫。

报道推出后，在社会上引起了极大的反响。刘浪一下子成了报社的英雄，赢得了各种赞誉，让我艳羡不已。不过，我心存更多的还是疑惑和好奇，看上去甚至有些木讷的刘浪，到底用了什么办法，让刘会英乖乖地配合呢？

那天下午下班后，我拦住了刘浪，一脸诚恳地说："可以请你吃顿饭吗？"

刘浪看了我一眼，明白了什么似的，笑着说："是不是想问我采访刘会英的事？"

我也笑："你到底跟她吐了什么金口玉言？"

"这事我也纳闷呢，"刘浪皱着眉头，很认真地想了想，说，"听王主任说好多记者都碰了钉子，可我也没说什么呀。"

"真的什么也没说？"

"是呀，"刘浪的神情不像是在作秀，"当时进了门，刘会英正在吃午饭，她的女儿趴在地上玩。我抱起那个小女孩，在她的脸上亲了亲，然后开始给她讲故事……"

"什么？"我惊叫起来，"你抱了刘会英的女儿？还……在她脸上亲了亲？"

　　"是啊，她女儿跟我女儿一般大，我在家里就经常喜欢这么抱着女儿，亲她，给她讲故事的……"说到这儿，刘浪的语气开始兴奋起来，那样子像是想起了自己的女儿。

一块蛋糕所经历的人生片段

一块蛋糕放在茶几上的盘子里。

三岁的儿子蹒跚着跑过去，胖嘟嘟的小手一把就把蛋糕抓了起来，紧紧地搂在怀里。母亲笑了，母亲逗他说："儿子，给妈妈吃一口。"儿子迟疑着，半天，才不情愿地把蛋糕伸到了母亲的嘴边。母亲漾起一脸的幸福，刚刚在蛋糕上咬了一小口，不想，儿子却小无赖似的把蛋糕一扔，躺在地上大哭起来，一边哭一边嚷："妈妈坏！妈妈坏！"

一块蛋糕放在茶几上的盘子里。

十三岁的儿子一放学，就把书包往沙发上一丢，冲着在厨房里忙活的母亲喊："妈，饭做好了没？饿死我啦！"然后，儿子就看见了那块蛋糕，想也没想，儿子就像一只饿极了的小狼崽，抓起来狼吞虎咽地把蛋糕填进了肚里，只留下一盘底细碎的渣子。

一块蛋糕放在茶几上的盘子里。

二十三岁的儿子领着女朋友进了家门，往沙发上一靠，儿子就对母亲说："妈，小梅今天上午在家里吃饭，做点儿好吃的吧。"母亲应着，系上围裙就开始择菜了。儿子和女友头抵着头，一边看电视一边喁喁私语。儿子先看见了那块蛋糕，他用两根手指捏起来，大声问道："妈，这块蛋糕哪儿来的？新鲜吗？"母亲从厨房里探出头，说："刚买的，吃吧。"儿子就掰了一块，塞到了女朋友嘴里。许是掰的那块大了些，惹得女朋友一阵娇笑。儿子不知道，那块蛋糕是小姨买的，用来庆祝母亲五十岁的生日的。一共四块，不想小姨的儿子淘气，一口气就吃掉了三块。

　　一块蛋糕放在茶几上的盘子里。

　　三十三岁的儿子领着孙子进了家门。儿子偎在沙发里看着足球赛，孙子则像个淘气的小马驹，在刚刚拖干净的地板上奔来跑去。儿子不停地叮嘱着："慢一点儿，慢一点儿，别摔着。"跑累了，孙子就往爸爸身上一靠，撒起了娇："爸爸，我要吃棒棒糖！"母亲抚着孙子的头说："吃糖要坏牙的，还是吃蛋糕吧。"儿子的目光就落在了那块蛋糕上。儿子拿起来，递给了孙子，说："吃这个吧，好吃着呢！"孙子接过蛋糕闻了闻，一下子扔到了地板上，扯着嗓子嚷道："奶奶真小气！买这么小的蛋糕！我才不吃呢，我要吃生日蛋糕！"

　　一块蛋糕放在茶几上的盘子里。

　　四十三岁的儿子坐在母亲床头，母亲正打着点滴。好几个月了，母亲就靠着这个维持着生命。床头柜上摆满了东西，母亲的目光却散漫地游移着，好像是望向了那块蛋糕。儿子走过去，把那块蛋糕端起来，送到了母亲嘴边。可是，母亲也只能这样看看，母亲因患上了严重的糖尿病，已经享用不了它了。

儿子要回家

母亲是在晚上接到儿子的电话的，儿子在电话里说，明天出趟远差，大概中午的时候车从家乡的那个城市路过，趁着这个空想顺便拐到家里。儿子还说，时间很紧，只能在家里吃顿午饭，就不住了。

挂上电话，母亲一夜都没有睡好，心里一直怦怦地跳着。自打儿子在那个叫首都的大城市里念大学后，就很少回家了，特别是大学毕业到现在，两年多了，儿子一次家门也没有迈进过。只是在逢年过节的时候，才打上一个电话，也只是匆匆的一句话，忙。

母亲做梦都想儿子呢，儿子他爹走得早，母亲一个人又要侍弄庄稼，又要抚养儿子，难着哩。记得儿子上大学的那天，村里的人都来祝贺，母亲招呼完乡亲，晚上就一个人对着墙上的那帧黑白照片抹起了眼泪，母亲是高兴啊。母亲还记得儿子走时说的那句话，娘，等俺将来挣钱了，就把您接到城里享福去。母亲就笑了，母亲不指望享什么福，有儿子这句话就够了。

可是，儿子这一走，留给母亲的就只剩下了牵挂，只剩下了对着电话发呆。

好了，现在好了，儿子要回家了。天还没亮，母亲就爬了起来，儿子这几年孤身在外，不定受多大的苦呢，母亲想给儿子做顿好吃的。母亲在灶房里转了一圈，灶房里冷冷清清的，母亲已经好久没有为自己好好做顿饭了，灶台上的墙角都已经挂上了蛛网。母亲开始收拾屋子，边收拾便想着给儿子做点儿什么，屋子收拾亮堂了，菜谱也想好了。除了几个家常菜，母亲还想做条鱼。儿子是喜欢吃鱼的，母亲知道，小时候家里穷，吃不起，逢上东家西家的有个喜事，儿子就扯着母亲的衣襟，蹭上一点儿鱼腥。喜事上剩下的多是些鱼骨头，但这并不妨碍儿子啃得津津有味。每每看到儿子吃鱼的馋相，母亲心里就一阵阵的酸。母亲想，哪天日子好过了，就给儿子做上几条鱼，让儿子吃个够。

母亲借了一辆三轮车去了镇上，只有镇上才有卖鱼的。路不远，七八里地，却坑坑洼洼的，母亲就骑得很辛苦。可母亲不怕，母亲的心里满是欢喜。

回来的时候，车子里堆满了菜，一条鲜活的黑鱼还在袋子里不停地折腾着身子。买鱼的时候，母亲已经问清楚了，黑鱼的刺少，吃起来会避免很多麻烦，母亲就选了黑鱼。卖鱼的人本来想给母亲剥好的，母亲不让，认为儿子要几个小时才能到家呢，把鱼剥了，吃起来就不新鲜了。

青青绿绿的菜堆进灶房，灶房里立刻就温暖起来，充满了生活的气息。母亲先把那条鱼放在木盆里，灌上水。看着那条四斤多重的大黑鱼在水里欢快地拍打着水花，母亲的心也跟着灿烂起来。

择菜、淘洗、磨刀、切菜，案板上的几个塑料盆里很快就充实起来。接下来就是那条鱼了，母亲看了看表，差不多快十点了，儿子说不定已经在路上了呢，母亲就操起了刀。黑鱼也不那么好摆弄呢，尽管卖鱼的师傅手把手地教了母亲好几遍，可剖腹挖鳃的时候，还是让母亲手忙脚乱，竟然比锄三亩地还累呢。母亲望着剥好的鱼，微笑着喃喃自语。

母亲做的是清炖鱼，她想着儿子坐车颠簸了一天，喝点儿鱼汤正好补补身子。做鱼的方法也是昨天晚上，母亲找村里饭馆的胖厨师软磨硬泡学来的。母亲是个心灵手巧的人，虽然自己没有吃过几次鱼，但灶房里的活儿还是难不住她。先是准备配料和调料，五花肉、玉兰片、冬菇、青菜、清猪大油、料酒、味精、高汤、盐、胡椒粉、花椒、香菜、葱、姜还有明油，打仗似的把案板挤得满满当当。接着，就是把切好的鱼块放进锅里，加水，大火煮沸二十分钟，然后依着顺序放调料，再小火煮上二十分钟，最后放香菜和味精。

当那盆飘着扑鼻香气的清炖鱼摆上餐桌的时候，母亲的心里绽开了一朵花。站在餐桌前，母亲仿佛看见了儿子狼吞虎咽的样子，儿子还会是小时候的那副馋相吗？母亲漾着满脸的幸福，长长地吁了口气，轻轻地揩了把脸上的汗，看了看表，十二点差一刻，儿子也该到村口了吧？

母亲解下围裙，换上了那件过年时才舍得穿的碎花衣服，准备到村口去看看。电话就在这个时候响了起来。一定是儿子的，母亲几乎是小跑着奔过去，一把抓起了电话。

喂，妈，我们临时接到邀请，要到别的城市参观一下，时间太紧，就不往家里拐了啊。是儿子的声音，儿子在话筒那端平静地说。还没等母亲回过神来，儿子就说完了。说完了，电话也就挂了，留给母亲的是一阵又一阵嘟嘟的忙音。

母亲站在那儿，她甚至忘了挂上电话，她只觉得脸上酥酥痒痒的，两条虫子似的泪水不觉间已经爬上了脸颊。

第三辑

可不可以不完美

就这样，在母亲的意见里，孟小毛错过了一次又一次花期。以至于和菲菲处对象时，他脑子里冒出的竟然不是自己的感觉，而是母亲的要求。

看上去很美

小米是因为一场车祸住进了医院的，车祸伤到了小米的眼睛。

医务室里，主治医生用安慰的口吻对小米的母亲说："保持一份乐观的心态，好好配合治疗，希望还是有的。"小米的母亲听完就哭了。哭完，擦干泪，又强颜欢笑地走进病房。

小米没有那么好骗，一层厚厚的纱布替代了眼镜，刚刚迈出大学校门踌躇满志的他蒙了。他哭，他闹，他的心里像是窜进了一只猫，搅闹得整个人都成了癫狂症患者，一刻也不得安宁。

母亲悄悄地叹了口气，提议说："我们出去走走吧。"母亲搀着小米走出病房，踱到了医院墙外的一条小河边。河不宽，却流水潺潺，澄澈明净，还能听见鸟语，闻到花香。

扶着小米在一条长椅上坐下，沉默了一会儿，母亲想讲点儿什么。她还没开口，小米就说："妈，我想一个人坐坐。"

母亲迟疑了一下，点点头，然后静静地走开。小米坐着，脑子里却翻腾得厉害，跳出来最多的一个字眼儿，就是"死"。

"多好的太阳啊。"旁边忽然冒出一句话，吓了小米一跳。听声音，是位老人，他就坐在小米的身边。

小米"嗯"了一声，淡淡地。

老人看来是听到了，却没有觉出小米语气里的敌意。"你也是来看夕阳的吧？"老人接着说，声音不大，透着温和，"我经常在这个时候到这里来，别的地方太吵了，只有这里还算安静。秋天的太阳真好呀，红艳艳的，却不晃眼，拨弄得人酥酥痒痒，有时候真想躺在这儿睡上一觉。"

　　小米侧过脸，斜对着老人（是只有他自己才能感觉得到的斜着），心里隐隐地生出一丝不快。明明知道自己的眼上蒙着绷带，还在一边拉扯着跟视觉有关的东西，不是在打人的脸吗？

　　老人不管，老人像是存心要跟小米过不去似的。"还有这条河，够清亮的吧？我孙女下午放了学，常喜欢背了画夹，到这儿来画风景。画河水，画河水里的鱼，还说是画给我一个人的。瞅瞅我这孙女，人不大，嘴巴多甜呀。嘿嘿，年轻那阵子，我也是喜欢画画来着，可惜……哎，只好盼着孙女来圆这个梦啦。"

　　小米皱着眉头，他不知道该不该打断老人的讲述。

　　老人依然陶醉在眼前的风景里："你再看看河两岸的树，长得多招人喜欢呀。不瞒你说，这些树的名字，我到现在还叫不全呢。可是，没关系，能天天像老伴儿似的这么守着，也怪好的。你知道吗？两年前，河两边还是光秃秃的一片呢，那时候报纸上不是讨论绿化方案吗？我也投了一票哩。种树好哇，草那东西也就是个样子，跟花瓶似的，中看不中用。树就不一样，又绿化又护堤，还能给鸟儿提供住处，你瞅瞅那些鸟儿，叫得多欢实啊。"

　　老人像是憋了一辈子的话似的，好不容易等上一个听众，打算一下子就把它们抖搂光似的。

　　"噢，河对面的那座高楼你也知道吧？三十多层呢，那可是全市最高的房子了。我儿子就在里面上班，他在二十层，嘿嘿，去年才搬进去的。我儿子说，他站在办公室的窗前，就能瞅见我呢。这小子，也不知是不是在吹，隔得这么远。"

　　小米的心越来越乱，这不会是母亲刻意安排的吧？小米想。可是，一个明眼人哪能体会得到自己此刻的痛楚呢？小米不想再听下去了，小米觉得听别人的幸福对自己简直是一种折磨。

没等小米打断老人，一串清脆的童声飘了过来，伴随着的还有细碎的脚步。"爷爷！"

是老人那个会画画的孙女吧？小米想。

"不是说今天不画画了吗，怎么又来了？"老人问。

"今天路上挖沟，盲道也给挖断了。妈妈不放心，让我来给您当手杖。"女孩调皮地说道。

耳边响起了老人清亮亮的笑声。

小米一下子愣住了。半天才从梦里惊醒似的，回过头，敞亮着嗓子唤了一声："妈，我们回吧！"

可不可以不完美

孟小毛在临近下班的时候，拨通了家里的电话。电话是母亲接的，孟小毛对着话筒说："妈，中午我带菲菲回家吃饭吧！"

"这个瞅准啦？"母亲在电话那端问道。

"瞅准啦！"孟小毛的语气十分肯定，"妈，您见了就知道了。儿子保证，这次您肯定满意！"

电话那端响起了咯咯的笑声。

挂上电话，孟小毛抬手擦了擦额头的冷汗，又拍了拍怦怦乱跳的胸脯。

算起来，这已经是孟小毛往家里带的第四个对象了。按说在婚姻问题上，孟小毛完全可以自己当家做主，可孟小毛从小就是个乖孩子，从吃饭穿衣交朋友，到读书填志愿参加工作，都要母亲拿主意。偏偏母亲又是个女权主义者，对丈夫和儿子的事很喜欢拍脑袋。孟小毛也就养成了习惯，在决定一件事情之前，先征求母亲的意见。

婚事也不例外。

孟小毛带回家的第一个对象叫贝贝。贝贝是孟小毛在一次朋友聚会上认识的。当时，孟小毛一眼就相中了这个身材高挑、相貌俊秀的女孩。女孩对孟小毛也很有好感。虽然孟小毛生性木讷，不善言谈，可他有两个得天独厚的条件，家境好，长得帅。两个人谈了一段时间后，贝贝问孟小毛："我们什么时候结婚？"孟小毛爽快地说："等我妈把房子弄好了，我们就去登记。"说完，孟小毛才想起来，还没有把贝贝领回家征求母亲的意见呢。

找了个时间，孟小毛把贝贝领回了家。母亲对贝贝很满意，这点孟小毛从母亲的眼神里读出来了，母亲的眼神里满是欣喜，还忙前忙后地张罗了一大桌饭菜，要不是饭后出了点儿差错，贝贝说不定已经做了他的新娘了。其实事儿也不大。吃过饭，母亲端上来一盘苹果，对贝贝说："饭后吃点儿水果，对皮肤有好处。"贝贝就拿起茶几上的水果刀，自己削了一个苹果，然后坐在沙发上津津有味地吃起来。就是这个举动，葬送了孟小毛的第一次恋爱。

贝贝走后，母亲忽然收起脸上的笑，以不容商量的口吻对孟小毛说："这个女孩我不接受。面前有长辈和男友，削好的水果居然让也不让，只顾着自己吃。这样自私的人，将来进了家门，还不得成了慈禧太后！"

第二个对象是同事介绍的，叫丽丽。丽丽长得很乖巧，跟着孟小毛去家里的时候，也没有犯削了水果只顾自己吃的毛病。可是，母亲依然坚决不同意。母亲说，丽丽的生活习惯跟自己差得太远了，比如进门不知道主动换拖鞋，饭桌上不知道用公用筷子，尤为严重的是，她竟然拿着自己用过的杯子去给别人倒水。

第三个对象更惨，一见面就让母亲否决了。原因很简单，长相实在上不了台面。

就这样，在母亲的意见里，孟小毛错过了一次又一次"花期"。以至于和菲菲处对象时，他脑子里冒出的竟然不是自己的感觉，而是母亲的要求。孟小毛用母亲的眼光审视着菲菲，直到觉得各方面都差不多了，才鼓起勇气给母亲挂了电话，然后把菲菲领到了家里。

这一次，孟小毛果然没有让母亲失望。菲菲的言谈举止、为人处世，在母亲苛刻的目光里，都被判了及格。母亲甚至瞅了个机会，把孟小毛扯到一边，用兴奋的语气对孟小毛说："儿子，这回你没瞅错。这丫头，跟妈年轻的时候一模一样。"过了一会儿，母亲又像想起了什么似的补充了一句："去，问问你爸的意见。"

　　孟小毛在心里长长吁了口气，孟小毛知道，这桩婚事总算有眉目了，因为家里无论大情小事，只有在母亲拍了板后，才会去象征性地征询一下父亲的意见。孟小毛步履轻松地迈进了父亲的书房。父亲正在赶着一篇论文，听完孟小毛的话，头也不抬地说："只要你妈同意就行。"

　　"我妈让征求一下您的意见，老爸，您就说两句嘛。"孟小毛像个孩子似的盯着父亲。

　　"那，你觉得怎么样？"父亲仍旧没有抬头。

　　"我觉得嘛，还行。"孟小毛跳动着眉梢说，"菲菲无论是长相、脾气，还是生活习惯，都跟我妈一模一样。这一点，连我妈自己都承认。"

　　"什么？跟你妈一模一样？"听了孟小毛的话，父亲突然变了脸色，"这门婚事我不同意！"

　　"为什么？"孟小毛蒙了。

　　"儿子呀，你还想重复老爸的路吗？"父亲的语气变得激动起来，"这么多年了，老爸在这个家里是怎么熬过来的，你难道没有看到？"

俺的名人梦

　　老实说，俺不是个笨人，甚至不谦虚地说，俺还算一个比较聪明的人。俺从小时候就开始渴望成为"名人"，可遗憾的是，到现在俺连"名人"的衣襟儿也没摸着过，更别说把那件"名人"的袍子套在身上了。没事的时候，俺就坐在那儿想，到底是哪个环节出了问题呢？

　　上小学的时候，俺喜欢画画，俺爹给俺买了几本《西游记》小人书，俺就依葫芦画瓢，整天捏着从老师那儿偷来的粉笔，画孙猴子，画猪八戒。开始俺只是玩玩，后来街坊邻居看到俺的画，都挑着大拇指给俺叫好，还有人说，"瞅这孩子，画啥像啥，长大了不定就成了达·芬奇呢。"达·芬奇俺知道，就是画鸡蛋都画不圆的那个，听说后来画的画可值钱啦。就冲了这句话，俺每天不分场合不分地点勤奋作画。俺也想了，就是成不了中国的达·芬奇，成为一个画家什么的也不赖。可是，俺爹的一句话却让俺的梦像断线风筝似的掉了下来。那天，俺刚作完画，俺爹就气呼呼地跑过来揪着俺的耳朵恶狠狠地说："你小子要是再敢往我刚刷过白漆的墙上画猪画猴子，我就剁了你的狗爪子。"

　　俺读初中的时候，又发现了自己的特长，学校举行运动会，200米以下的短跑冠军俺都大包大揽了。不光是学校，俺的大名还冲出镇子，走向了全县。县体校的老师在俺夺了全县百米跑冠军后，亲切地拍着俺的脑袋说："好好跑吧，争取成为中国的刘易斯。"刘易斯是谁俺不知道，俺就知道跑了第一名就可以站在领奖台上，披红挂彩地跟许多人打招呼了，那种感觉一定很棒。可没等俺跑上领奖台呢，俺娘就把俺的梦打醒了。俺娘抢着一把扫帚边打边骂："小兔崽子，人家都是一年穿一双鞋子，你倒好，一个月穿一双，当那鞋子都是捡来的啊？打今儿起，你要是再不好好学习东奔西跑地磨鞋底儿，看我不把你的腿打折啦！"

念高中的时候，俺倒是不野了，俺开始放逐自己的思想，想当个思想家。那天，教物理的老师出了一道题："用你学过的物理学知识测量出教学楼的高度。"俺立刻就完成了。俺一共给出了两个答案：一是爬上楼顶，把一根绳子抛到地面，然后再量量绳子的长度。二是爬楼的时候，记住台阶数，再乘以台阶的高度。怎么样？俺够聪明吧？俺得意地等着老师的表扬。老师把俺叫上讲台，指着俺的答案说："你倒是说说，你的这些答案哪一点跟物理学有关系？扫大街的都知道这些方法吧？"俺红着脸站在那儿，俺的两只眼睛到处瞅着，俺想找个地缝，可俺没找着。

大学毕业的时候，俺费了九牛二虎之力进了一家国企，这下该如鱼得水了吧？俺恨不能立马把学的知识变成生产力，变成工人手里嘎嘎响的票子。每回单位领导拿着拍过板的技术方案，一本正经地向俺们这些小科员征求意见，俺都会绞尽脑汁，调动全身的智慧细胞，为那些方案挑毛病、挖缺点、提意见、找不足。为了证明自己不是敷衍塞责，俺总是把自己的逻辑理得清晰，把那些缺点分成一二三四，生怕讲少了对不起肩上沉甸甸的责任。没想到在那家企业待了不到一年，领导就开始找俺谈话，领导拉着俺的手，语重心长地说："我知道你是个有才气的青年，志向也很远大。可咱的庙太小了，待在咱这样的小企业里，会耽误了你的前程呀。"

经历了那么多次打击，俺的名人梦终于掉到了地上。现在俺成了一名小职员，每天平平庸庸地过着日子。可俺觉着委屈呀，俺咋就这么背时呢？

后来俺想明白了，即使是一匹千里马，也得碰上有双慧眼的伯乐不是？在碰上伯乐之前，你纵有经天纬地之才，也跟那些耕地拉车的马没有什么两样不是？

老木匠的秘密

我认识一位老木匠。

老木匠其实并不老，听说四十多岁。老木匠是哪里人，姓什么叫什么，我都不知道。只知道天一冷，田里没了农活儿，村里人闲下来，吹吹打打开始娶亲嫁女的时候，老木匠就来了。

老木匠是来做家具的，赶上哪家有活儿，就在哪家住上十来天。娘说："别看老木匠长得寒碜，脸上皱纹一大把，可做的家具耐看着呢，十里八乡的经常有人请他。"娘说得没错，我就亲眼见过老木匠给表姐做的嫁妆，让一向挑剔的表姐脸上笑成了一朵花儿。

那时候我好像才八岁吧？刚刚背上书包往学校里跑。乡下的冬天总是单调无趣的，一群小伙伴放了学，书包一丢，就开始四处寻找撒野的地方。老木匠的到来给我们增添了无穷的乐趣。老木匠只有一条腿，听娘说，他的另一条腿在很小的时候就没了，为这个，他连媳妇儿也没娶上。老木匠的那条裤管空空的，一直挽到大腿根儿，用一根蓝布条扎着。他拄着拐杖走路的样子摇摇晃晃，像极了一只笨拙的企鹅。

没事的时候，我们就拿他逗乐子，叽叽喳喳地围着他，像围着一只马戏团的猴子。

"嗨，"我们就这么硬邦邦地喊他，"你的那条腿是咋没的？是不是偷人家的枣啊杏的，给人打瘸啦？"

老木匠嘿嘿地笑着，不说话。

"你咋不找媳妇儿呀？人家都看不上你吧？"

老木匠仍旧是一脸的和善。

"你一个人，孤孤单单的，还有劲头挣这些钱，准备留给谁花啊？"

"你看我，虽说少了一条腿，可没病没痛的，一顿能吃两三碗，凭手艺再挣几个酒钱，多滋润呀！"老木匠红润着脸庞，终于开了腔。

我们都起哄笑起来，并没有因为老木匠的和善而罢休。淘气的我甚至会趁他不注意，悄悄藏起他的拐杖，等他急着上厕所的时候，幸灾乐祸地看着他到处乱转。找不着，他就会一边嘟嘟囔囔地骂着，一边用单腿跳着走路。我们则在一旁拍着手，开心地哈哈大笑。他也不恼，偶尔还会孩子似的扮个鬼脸，然后摆摆手说："不玩啦不玩啦。"

日子就在这样的闲闲淡淡中度过，直到有一天，我无意中发现了老木匠的秘密。

有一天傍晚，我一个人到学校里玩。学校里新换了一批桌椅，做工的就是老木匠。我悄悄地潜进校园，想吓唬一下老木匠，刚走到教室门口，忽然听到屋里有人说话。

"看你，又装错地方了吧？"声音细细的，听来像个女人。

"哎哟，老了老了，不中用啦。"老木匠的声音。

"嗨，累了吧？累了就歇会儿，喝口水再做。"女人劝道。

"不累，有你在呢，我浑身都是劲儿。"老木匠嘿嘿地笑着。

"老不正经的，"女人嗔怪了一句，"要不，我给你来段儿？"

"嗯哪！"老木匠欢快地应了一声。屋子里就飘出了清脆的戏文。我的头在戏文里一点一点地胀大，莫非老木匠和村子里的哪个女人好上了？我扒着门缝，偷偷地往屋里瞅着。老木匠正拎着墨斗盒，眯缝着眼在一根木头上吊线，清脆的戏文竟然是从他的嘴里飘出来的！我吃了一惊，眼光使劲儿在屋里扫着，除了老木匠，真的没有一个女人的影子。

我转身一口气跑回了家。娘正在院子里铡猪草，我上气不接下气地把刚才看到的一幕跟娘说了，娘就瞪起了眼："小孩子家家的，再胡说，看我不拧烂你的嘴！"我向娘保证说："是真的，我亲眼看到的，不信你去看看！"

娘伸出巴掌，在我脑袋上轻轻地拍了一下，笑着骂道："你个小兔崽子，滚！"

我撒丫子就往外跑，不是怕娘再打我，而是觉得太好玩儿了。我想找到几个小伙伴，把自己发现的老木匠的秘密赶快向他们炫耀一下。

最后的结果

　　林是我的大学同学，大学毕业后，我就很少见过他，因为他总是在忙。

　　有一回，我参加了一个行业聚会。来的人都是政府部门和相关企业里挑大梁的，只有我什么也不是，我是被一个朋友扯去热闹的。"多认识个朋友多条路嘛，何况还都是些绩优股。"朋友开玩笑说。

　　聚会的场面很热闹，甚至可以说有点儿疯狂。该聊的话题聊完了，剩下的就是喝酒、吼歌。我生性不喜欢热闹，便端了杯茶偎在角落里，坐定了，才发现角落里还有一个人，是林。林好像也是不喜欢这种场合的，他看上去一脸的倦容。

　　记不清是谁先开的口了，总之，我们的话题在会议的主题之外，拉开了长长的战线。林还是那么温和，那么善解人意，应该说，和他聊天是一件愉快的事情。只是，他太忙了，在我们对坐的二十多分钟里，林的手机此起彼伏地响了六七次，每次他都是冲我歉意地笑笑，说："不好意思，接个电话。"

　　在断断续续的谈话里，总算了解了林的一些近况。三十岁出头的林在一家市直机关做中层干部，刚刚竞争上的岗。林的妻子在一家国营公司工作，他们还有一个五岁的女儿，一个幸福的三口之家。问起林近来忙些什么，林说，正在读硕士，还有一个月就要毕业了。"单位新来的年轻人不少都是硕士学位，压力这么大，不努力不行呀。"林感慨着。

　　我们的谈话在林又一个电话响起的时候结束了。林再次冲我抱歉地笑笑说："不好意思，有点儿急事，得先走了。有空再联系啊！"林整整领带和笔挺的西服，风一样出了门。

再见到林是三个月以后。单位想上一个项目，需要到几个部门去审批。到林的部门的时候，接待我的恰好是林。在林宽敞的办公室里，我们的话题不经意地又转到了三个月前的那次邂逅。问林读研的事怎么样了，林说："已经毕业了，正准备考博。"林指了指办公桌上那一摞厚厚的资料，小山一样，压得人透不过气来。"硕士不够用吗？"我不解。"我们这儿有好几个年轻人都在读博，咱也不能太落后了不是？"林拍着那堆小山似的资料说。

谈话间，林的手机和办公桌上的电话蝉一般不停地聒噪，林便陀螺似的在办公桌和我之间旋转。有两个电话我听出了异样，忍不住问林："你做生意了？"林摇摇头说："不是我，是你嫂子。辞职都一个月了，自己开了个化妆品公司，没空进货，就把这任务交给我了。""好好的为什么辞职呀？"我有点儿吃惊。"还不是嫌房子小，换了个大的，从银行贷了十多万呢，不挣点儿钱能行吗？"

林的忙碌让我不忍心再打扰他，于是言归正传。林看了我递过去的材料，说："你们局长曾跟我说过这事儿，这个项目前景挺不错的，我支持。"林很爽快地在资料上签字盖章，完全没有我在其他部门遭遇到的拖泥带水。

从林那里出来，我一直想请他一次。虽然是同学，但是，于公于私这个情我都该还。第一次打电话约林，林说正在开会。第二次，林说博士研究生的考试马上就到了，他得临时抱佛脚。第三次，林说妻子的公司拓展业务了，他得帮着做个销售预案。第四次，林说单位打算选一个总工程师，还是竞争上岗，他正在准备材料……

"你到底什么时候有时间啊？"在第 N 次电话相约失败后，我有点儿急了。"我也不知道，我现在最缺的就是时间。"林在电话那端的语速子弹出膛般，仿佛一个接到了火警的消防队员。

　　请林吃饭的事就这样搁置了下来，直到一个月前，我再次见到了林。

　　那时，林孤零零地躺在殡仪馆的大厅里，周围摆满了鲜花。林出的是车祸，他一个人开着车去省城替妻子进货，回来的路上撞上了一辆大货车。据交警部门的人讲，林是因为疲劳驾驶才出的事。出车前一天，林刚刚参加完单位的总工程师竞职演讲。

　　在向林告别的时候，望着他那张年轻的脸，我的泪一下子淌得一塌糊涂。这就是林忙来忙去最后的结果吗？林也许永远也不会想到。

　　但是，不管怎么说，林总算是撂下了身上的担子，有时间休息了。这也是唯一使我感到欣慰的地方。

五奎老汉的心事

五奎老汉最近有了心事，看到五奎老汉的人都这么说。五奎老汉经常一个人背着手在自家院子里溜达，不管谁打院门口经过，跟他打招呼，他都是一副无精打采的样子，脸上也阴得能拧出水来。

五奎老汉不该有这么重的心事呀？村里的人都这么认为。五奎老汉今年已经是奔七的人了，要说五奎老汉的前半生，也真是够不幸的。他三十岁那年，妻子得了一场急病，没等送到医院，就丢下他和两个还在吃奶的双胞胎儿子走了。五奎老汉的家一下子塌了天，两个儿子只有一岁多，家里穷，买不到奶粉，两个小家伙常常饿得嗷嗷叫。五奎老汉没有办法，只好天天抱着儿子到处找奶吃。

那时候，很多村里人都劝五奎老汉再找一个伴儿，拖着两个孩子，家里没有女人怎么行？可五奎老汉对这事并不热心，不是他不想找，而是怕委屈了两个儿子。没有人知道五奎老汉是怎么走过那段岁月的，不到四十岁，他的腰就弯了，背也驼了，脸上的皱纹虬曲得像个小老头儿。就算是这样，村里人也很少看到五奎老汉发过愁，五奎老汉的日子总是过得乐呵呵的，一说话，眉眼里全是笑模样，仿佛生活从来就没有对他不公平过。

五奎老汉的两个儿子虽然营养不良，瘦得像两根麻秆儿，但背起书包上起学，却像是拔了节的穗子，一蹿一个高，小学初中高中，光往家里拿的奖状就贴满了两面墙。他们考大学的时候，老大考到了北京，老二考到了广州，五奎老汉本想着抓阄供一个，乡里的干部不乐意了，好不容易瓜熟蒂落了，说啥也不能烂到地里呀！于是又是集资又是提供贷款，把五奎老汉的两个儿子都送进了大学。两个儿子也真争气，大学念完都留在了读书的那个城市，工作结婚生子，日子一个比一个红火。

五奎老汉的后半生该享福了吧？村里人都这么想。可奇怪的是，五奎老汉的脸上越来越阴郁起来，像是霜打过的茄子。"咋不跟两个儿子进城享福呢？"经常有村民这么问。五奎老汉听了只是笑一笑，说："叶落归根，叶落归根哪。再说城里那房子咱也住不惯。"细心的村人就发觉，五奎老汉脸上的笑容总是干巴巴的，没有一点儿水分，怎么看怎么像是从一堆皱纹里挤出来的。难道是两个儿子不孝顺？不会的，有村民说，他在五奎老汉的院子门口，曾不止一次听到回家探亲的五奎老汉的两个儿子嚷嚷着，一个要他去北京，一个要他去广州。

"那就是……"村民们嘿嘿地笑起来，"年轻的时候介绍也不要，老了老了倒动了春心了。"很快，就有媒人上了门，询问五奎老汉是不是有这个心思。五奎老汉说："我都土埋脖子的人了，还糟践人家干啥？"

看来人老了，精神也容易出毛病了。村里人再看五奎老汉的时候，眼里都有了一丝可怜和同情，觉得五奎老汉真是没有享福的命。

没有享福命的五奎老汉在一个早上走了，走得悄无声息。是村长先知道这个消息的，自从五奎老汉的两个儿子离开家后，村长就常去五奎老汉的家里坐坐。村长让人打电话把消息告诉了五奎老汉的两个儿子，两个儿子很快就开着车来了，来了就哭倒在五奎老汉的棺材前。

村里人都唏嘘着，一边感叹着五奎老汉儿子的孝顺，一边叹息着他的没福气。村长也来了，村长没有唏嘘，村长出人意料地把五奎老汉的两个儿子从地上拎起来，敞开响雷似的嗓子吼着："你们也配在这儿哭？"

村里人都愣了，有人就问："村长，他们有啥不配的，五奎老汉没有去城里住，是他自己不愿意呀？"

"你问问这两个没良心的，看看是不是这样。"村长怒气冲冲。

　　"可是我亲耳听到，他们两个争着要五奎老汉去北京和广州啊。"那人辩解道。

　　"这就是他们两个干的好事！北京的老大撺掇着让他爹去广州，广州的老二又鼓捣着让他爹去北京，忘了他爹是咋把他们养大的了，拿自己的爹当球踢呢。"村长越说越气。

　　"五奎老汉咋不告诉我们呢？告诉了我们也好帮他出出气呀！"那人也开始愤怒了。

　　"还不是给他两个儿子留面子？要不是我追着问，连我也以为这两个混球多孝顺呢。问出来了还求着不让我声张，老怕让人家看了他儿子的笑话。"村长的手点到了五奎老汉两个儿子的鼻梁上。

　　院子里一下子静下来，大家都瞪着刀子似的眼睛，在五奎老汉的两个儿子身上使劲儿剜着。

　　这时候，不知是谁点燃了一挂鞭炮，噼里啪啦的鞭炮声里，人们仿佛都听到了五奎老汉的一声叹息，像是在怪自己没有守住心里的秘密。

最后一场表演

迪克是一位特技演员，他的职业是高空走钢丝。这是一个危险系数很高的工作，用大多数人的说法，迪克是在玩儿命。

可迪克把这个工作玩得很好，很艺术。在一根纤细得让人心惊肉跳的钢丝绳上，手持一根长长平衡杆的迪克，就像是被上帝施了魔法，快慢由己，进退自如。迪克甚至边走边为大家表演一些小节目，唱歌，跳舞，做各种我们在平地上都很头疼的动作。

在迪克生活的这座城市，没有人没看过他的表演。有时候即使到不了现场，大家也要看电视台的现场直播。迪克在他们心里，就是行走在高空的王子，尽管迪克长得并不帅气。

开始看迪克的表演时，大家的心都吊着，像是要跳出来。他们甚至不敢呼吸，生怕呼出的气会变成风，把迪克从钢丝上吹下来。后来，看的次数多了，大家的心便都放下来，边看边指点，谈笑风生地议论迪克的每一个动作。他们已经不担心了，在他们眼里，迪克脚下的钢丝就像是平地。

迪克在人们崇拜的目光里表演了一场又一场，一直到第九十九场。

那天早上，迪克坐在桌前沉思良久，忽然对助手说："等我表演完第一百场，就打算改行了。"助手不解，问为什么，迪克说："一场戏总有谢幕的时候，工作也一样。有几个年轻人已经成长得差不多了，我该把机会让给他们。况且，年龄不饶人，我总不能在钢丝上待一辈子，趁着现在脑子不坏，我想读点儿书，学点儿别的技术。"

首先支持迪克的是他的妻子，妻子每天都要为迪克的安危担心，以致寝食难安，落下了失眠的症状。妻子说："你一停下来，我就可以睡个安稳觉了。"

然后是迪克的教练、同事和粉丝们，大家虽然觉得迪克这么急流勇退可惜了点儿，但听了迪克的那番话，他们觉得应该理解和尊重迪克的选择。

接下来，大家都翘首以待地等着迪克的第一百场——也就是最后一场表演。表演时间定在了十天后，因为那天正好是迪克三十五岁的生日，他想把这场最具意义的表演当作礼物送给自己。

迪克表演的地点设在市郊一个有名的风景区。景区里有一个很大的广场，非常适合于这样大规模的演出。钢丝就架在景区里两座相距五十米的铁塔之间，铁塔共十层，高约二十五米。这个高度对于迪克来说，实在是太低了，在迪克的表演生涯中，他挑战的极限高度是一座峡谷，深不见底。

钢丝绳架好后，助手关切地问了一句："要不要铺救生气垫？"迪克笑了，说："你觉得有必要吗？"助手就不吭声了，他知道，迪克决不是怕铺了气垫影响到表演的刺激和观赏性，迪克是太自信了。过去的表演中，无论是跨越峡谷，还是波浪滔天的江河，钢丝绳下都没有任何防护措施。

一切准备就绪后，迪克开始派发请柬。所有能想到的人，迪克都请了，包括他的启蒙教练、儿时的玩伴，以及给过他支持和帮助的朋友。大家也都关心着迪克的最后一场表演。那几天，迪克的手机一直处于战备状态，像只不知疲倦的蝉。

"喂，迪克吗？准备得怎么样了？大家可都是憋足了劲儿等着呢。"

"迪克先生，这次在钢丝上有什么特别的节目呈献给喜爱您的观众吗？"

"迪克，最后一场表演马上就要开始了，加油啊！"

……

表演的前夜，迪克失眠了。这是迪克从事走钢丝运动以来第二次失眠。

第一次是在他的首场演出前，那时他整夜睡不着觉，心如鹿撞，有紧张，也有兴奋。现在呢？现在是因为什么，迪克说不清楚。

那天人来得很多，偌大的广场成了疯狂的海洋。后来有人在报纸上形容那次盛况，用了一个词叫"万人空巷"。

迪克上来了！高空王子上来了！人群里爆发出雷鸣般的掌声，南腔北调呼唤着一个共同的名字："迪克，迪克！"

钢丝上的迪克走得很顺，和他以前的那些表演一样。中间，迪克还穿插了两个高难度的旋转动作，抛了好几个飞吻。再往前走十多米，迪克就成功了。好多人都已经伸出了双手，准备迎接胜利的时刻。

悲剧就在这个时候发生了。当时，迪克回过头，朝人群里望了一眼。那一眼很短暂，大家甚至还没来得及弄清它的含义，迪克忽然身子一歪，整个人像是一只中弹的鸟，直愣愣地从高空跌落下来，发出了一声沉闷而令人窒息的声响……

最先跑到迪克跟前的是他的教练，教练抱起迪克的身子，让他偎在自己的怀里。血不断从迪克的嘴里冒出来，在地上洇出一片令人心悸的红。迪克嘴唇动了动，喃喃地说："不好意思，我没能表演好。"

"不怪你，真的不怪你。"教练抚着迪克的脸，语无伦次，"我知道，你是太在乎这场表演了。"说完，泪流满面。

陪你演场戏

女孩推门进来的时候，男孩正一个人坐在桌边喝酒。看见女孩，男孩的脸上写满了惊讶，半天才吐出一句："你……怎么来啦？"

女孩冲过去，一把夺过男孩手里的酒杯。"为什么要骗我？"女孩一脸怒气地说。

"我……我没有骗你。"男孩低着头嗫嚅着。

"还说谎？"女孩的脸因为激动而涨得通红，"安子都已告诉我了，你根本就没有爱上她，你是因为公司被骗陷进了困境，怕拖累我才这样的，是不是？"

男孩抿着嘴，头摇得苍白无力。

"你为什么要做这样的傻事？为什么不让我跟你一起承担？为什么要把两个人的幸福都剥夺掉？"女孩抓住男孩的胳膊，使劲儿摇着，像是要从男孩的嘴里摇出郁结在心里两个多月的答案。

"不，你不知道，"男孩终于抬起了头，脸上满是凄苦的笑，"我现在什么都没有了，不但把家里的积蓄全搭了进去，还背负了几万块钱的外债。我真的没脸再见你了。"

女孩纤细的手指滑过男孩清瘦的脸庞，轻轻地捋着男孩的乱发，"我不在乎，你知道我不在乎这些的。"女孩的两只手抱住了男孩的胳膊，把脸埋进男孩的臂弯里，像是沉进了一段甜蜜的往事。

"冰，还记得吗？大三那年夏天，我们第一次认识的时候。当时我在打羽毛球，一阵风把球吹到了树上，我急得直跳脚。你来了，什么也不说，径自爬上去，把球取了下来。下来的时候，衣服不小心钩住了树枝，烂了好大一个口子。我想给你缝一下，你的脸红得像个女孩，匆匆地逃走了。后来我才知道，那是你唯一一件像样的衣服……"

男孩盯着女孩的脸，定定的，不说话。

"大四那年情人节，宿舍里的女生都收到了男朋友的玫瑰，还有巧克力，只有我没有。你吃饭的钱都是勤工俭学挣来的，我不怪你。那天晚上，我一个人逃离了宿舍，我不想让自己陷进诱惑里。可你还是找到了我，交给我一个笔记本，笔记本里夹着一枚枫叶，火一样。枫叶是你大三那年秋天去北京实习的时候，步行十多里跑到香山采来的。枫叶上有你画的玫瑰，三朵。我知道，三朵代表三个字……"

男孩的眼睛湿润了，身子微微地抖动着。

"毕业第一年的那个春天，我们去逛街，在罗曼珠宝行里，我对着一串项链随口夸了一句，一个礼拜后，你就送给了我一串。当然不是珠宝行里的那串，你说，那串是你欠我的，等你赚了钱，一定会买给我。你送给我的是一串石头项链。那些五颜六色的石头是你周末骑着自行车，跑遍了附近的山沟淘来的，经过精选、打磨，让每块石头都有了自己的样子。那串项链我一直戴着，睡觉的时候也不肯摘下来，因为那上面缀满的不是石头，是你的爱。"

女孩翻开衣领，露出了白皙的颈，她的两只手小心地探进去，摘下了那串项链，放在唇边，深情地吻着。

男孩的泪终于滑了下来，他哽咽着唤了一声女孩的名字，然后张开双臂，把女孩紧紧地搂在了怀里……

"停！"随着一声浑厚的男中音，导演从监视器前站了起来，潇洒地甩了一个响指，"OK 啦！"

像是得到了特赦令，女孩从男孩的怀里挣脱出来，拢了拢散乱的发丝。

那串石头项链在她优雅的甩手动作中落在了一旁的椅子上。

　　女孩推开屋门往外走。男孩在后面嘶哑地叫了一声："安娜，你真的就这么走啦？"

　　女孩转过头，淡淡地望着男孩那张扭曲的脸，"还要怎样？我已经答应你合作完这部戏了，你总不能说我没有帮你画圆这个句号吧？"

　　不远处响起了汽车的喇叭声。一个衣着笔挺的中年男人在奔驰里冲女孩招着手。

　　女孩头一扭，快步朝那辆车走过去。锃亮的车门关上的一瞬，汽车像一支离弦的箭，转眼就从男孩的视野里消失了。

请你吃顿饭

下午快下班的时候，老张接到一个电话，是省里一家文学杂志社打来的。杂志社通知老张说，他的一个中篇被采用了。老张一听很是激动，虽然业余的时候喜欢涂涂抹抹，可发的东西都是豆腐块。现在好了，老张也终于开始发小说啦。

老张激动得在办公室里走来走去，老张是个心里藏不住事儿的人，老张想着得找个人喝两杯，好好庆祝一下。出了办公室，看见主任的门开着，老张就走了进去。主任正坐在宽大的办公桌后面看报纸，一张脸都埋在报纸里。老张轻轻地喊了一声，主任从报纸里探出一对金鱼眼来，瞅瞅老张，说有事？老张鼓起勇气说，主任您晚上有空不？我想请您吃顿饭。主任把老张上上下下打量了一遍，说嘛事？老张说没事，就想请您吃顿饭。主任说有事就在这儿说吧，别弄得偷偷摸摸的。老张就有些惶恐起来，老张说真的没事。主任皮笑肉不笑地咧了咧嘴，说老张你那点儿小心思我还不知道，是不是为了评职称的事？

单位里评职称，包括老张在内的十多个人争着三个指标，大家明里不说，暗地里都较着劲儿，都想多拉一张票，主任也是评委，手里握着一张宝贵的票哩。

老张一听，慌得直摆手，面红耳赤地说，主任您误会了，我真的没有那个意思。主任说有没有那个意思都没关系，饭我就不去吃了，免得让人说闲话。

老张尴尬地退了出来，脸上满是汗珠，老张隐隐约约地听见主任在身后嘟囔着，跟我耍心眼儿，哼！

老张就觉得有些丧气，心想真是热脸贴个凉屁股。下了楼，老张想推车回家，在楼门口，老张又碰到了同事小吴。小吴正用一双筷子敲着破碗，哼哼唧唧地往食堂走。小吴的老婆在外地工作，小吴顿顿都在单位食堂解决。看见小吴，老张的心里拨了云雾似的亮堂了一下。小吴平时也喜欢写写文章，只是从来也没有见过报，小吴就整日里跟在老张屁股后边，老师长老师短地请教。老张想，这样的快乐也许只能跟小吴来分享。

老张就叫住了小吴，说小吴今儿别吃食堂了，老哥请你下馆子。小吴愣了一下，说张老师有事？老张说没事，就是想请你吃顿饭，聊聊天。小吴说张老师有事您就说吧，用不着客气。老张说真没事。小吴狐疑地盯了老张一会儿，说是不是借钱的事？哎呀张老师，真不巧，我丈母娘前几天有病住院了，好不容易攒的那点儿钱全交住院费了。老张一拍脑壳，说扯什么呢小吴？不是跟你借钱。小吴说那就是别的事。张老师您看我这人无职无权的，怕是更帮不上您什么忙呢。老张气得一摆手，说还去吃你的食堂吧。

蹬着车回到家，老张肚里的气也没顺过来。老婆正在厨房忙活，瞅见老张回来就喊，嗨，别愣着啊，过来搭把手。老张就低头奔脑地去了，择了几根菜，老张的心里又开始蠢蠢欲动，于是跟老婆说，别费事了，我们到外面吃吧。老婆说好好的去外面吃什么啊？老张说好好的就不能去外面吃一回？老婆说不对吧，是不是做啥亏心事儿了？老张说你整天跟个周扒皮似的，把我的兜扒得干干净净，我有那心也没那钱啊。老婆哼了一声，说你一提钱倒提醒我了，每月留的钱不够你抽烟的，哪儿来的钱下馆子？老张说烟钱里抠巴的呗。老婆脸上就挂出了一副不屑的笑，嗤，就你？烟鬼似的，我还不知道。说，是不是又存私房钱啦？老张说不要瞎猜，哪有的事？老婆说还想狡辩？上回搬家的时候搬出来的是什么？

上回搬家，书柜里的书撒了一地，里面跳出许多百元大钞来，让老张多日来的苦心经营毁于一旦。老张还想解释，老婆的一只手已经伸到了他的口袋里。老张叫了一声，捂着口袋落荒而逃。

华灯初上，夜色阑珊。老张却没有心情看这些景，原本只想请人吃顿饭庆祝一下，没想到请出许多麻烦来，这让老张哭笑不得。街上的大排档一家挨着一家，羊肉串的香气和老板娘的热情挽住了老张的脚。老张想，既然没人跟咱吃饭，咱就自己吃，还省钱呢。老张就在一张空桌子边坐下来，很豪气地要了几盘小菜、一扎啤酒，一边吃喝，一边想些长长短短的心事。忽然，一阵吵闹声勾起了老张的注意，老张看见一个衣衫褴褛的乞丐，举着一只碗挨桌乞讨。那些衣着时髦的食客虽然一声声粗暴地吆喝着、驱赶着，乞丐却不急不恼，仍旧一声一声地央求。老张看不下去，冲乞丐一招手，说来我这儿吧。乞丐就来了，一脸的感激。老张递给乞丐一双筷子，乞丐不动，怯怯地望着老张。老张一急，端起桌上的盘子，在众人怪异的目光里，一股脑倒进了乞丐的碗里。

捧着满满的一碗菜，乞丐的嘴唇不停地抖着，走出去好远，又回头冲着老张深深鞠了一躬。

老张笑了，老张说总算请人吃了一顿饭。说完，老张的鼻子又有些酸，咸咸涩涩的东西一瞬间就模糊了老张的眼。

二奎丢了一辆车

二奎的车丢了。

车是去年才买的，十多万的尼桑。买这辆车的时候，二奎下了很大的决心，毕竟，自己的薪水只够养家糊口的。可是现在，这辆几乎倾尽二奎全部家底儿的宝贝疙瘩，竟然丢了！

二奎傻了半天，才想起跑到公安局报案。接案的民警很热情，让二奎作了详细的登记之后，说："这段时间丢车的案子特多，我们正在努力查案，希望您能耐心等待。"二奎还能说什么呢？除了等待，二奎实在想不出更好的办法了。那就等吧。

一个多月后的一天，二奎忽然接到了公安局的电话，电话里说，他的车找到了。等得焦头烂额的二奎一下子就跳了起来，心想，那帮大盖帽真没吃干饭。

二奎马不停蹄地跑到公安局，找到了当初接待他的民警，握着人家的手摇了半天，才上气不接下气地说："谢谢，谢谢啦。我的车，在哪儿呢？"

民警把二奎领到办公楼后面的一片空地。偌大的场地上，二奎的车孤零零地停在那儿，车轱辘上还被缠上了一条很粗的铁链子。

"瞅瞅人家警察，想得多周到，在公安局的大院儿里，还给俺的车加了一道保险。"二奎边想边快步走到车前，在车身上小心地抚摸着，像在抚摸久别重逢的恋人。还好，车没有受伤，还是丢失前盔明甲亮的样子。二奎掏出车钥匙，哗啦哗啦晃荡着对民警说："我现在能开走了吧？"

"对不起，现在还不行。"民警摇了摇头。

"为什么？"二奎不明白。

"因为还要履行一些手续，完了我们会尽快通知您，请您耐心等待。"民警带着职业性的微笑，这微笑让二奎的心里有了底儿，既然车已经找着了，那就让人家把手续履行完吧。

可是，二奎在家里等了一个多月，也没等到取车的通知。二奎有些坐不住了，跑到公安局，找着那个民警，然后小心翼翼地问："同志，我的车能开走吗？"

"还得再等几天。"还是那副职业性的微笑。

二奎没再多问，反而觉得有点儿不好意思。人家帮自己找到了车，自己怎么好一直这么催下去呢？

又耐着性子等了一个多月，还是没有消息。二奎急了，又跑到公安局，问那个民警："你们的手续也该弄完了吧？"

"弄完了我们会通知你的，明白吗？"民警的脸上挂着不悦，看来是有点儿生气了。

二奎怔了一下，不知道自己做错了什么。车是自己的，虽说是公安局找到的，可归根结底还是自己的，怎么就不能开走呢？

这么想的时候，二奎就有些恼，开始的兴奋和激动也烟消云散。但自己是胳膊，人家是大腿，既然拗不过，等吧。

这一回，二奎一口气等了两个多月。其间，二奎还悄悄地潜进公安局，想看看自己的宝贝疙瘩，不想都被值勤的警察礼貌地赶了出来。就在二奎等得快要发疯的时候，公安局的电话终于来了，要二奎前去领车。

到了公安局，二奎吃了一惊，楼后的那片空地上，一辆挨一辆停满了各式各样的车，足有三十多辆。车前的草坪上，人来人往，热闹得像是赶庙会。二奎懵懂地被人推到人群里，然后又像一盆花儿似的被人挪来挪去，寻找合适的位置。等到几十个人都站好了，又来了几个佩绶带戴红花的警察，在热烈的掌声里，几个警察站到了二奎他们前面。

接下来是领导讲话，代表讲话，献花，拍照，锣鼓喧天……

喧天的锣鼓声里，二奎隐隐约约地感觉到开的是一个破获盗车团伙的庆功会。至于会上的人都在讲些什么，二奎一句也没听进去，除了惦记自己的车，二奎还被那些长枪短炮的亮光晃得直犯晕。

好不容易等到会议结束，一个领导模样的警察把手一挥，说："大家开始领车吧。"几十号人开始迫不及待地狂奔。二奎也奔，奔到自己车前，二奎愣了。几个月前还好好的一辆车，现在身上锈迹斑斑，满是刮痕。还有一盏车前灯，不知让谁给碰出了裂纹。

刚才还心存喜悦的二奎，心情一下子就黯了起来，像是生吞了一只苍蝇。

女人的心思你别猜

　　林梅是在回到自己座位上的时候开始咳嗽的。

　　当时，办公室里的几个同事正坐在电脑前忙活，林梅走了进来。林梅在办公室里环顾了一圈，然后走到同事小吴的身边，她趴在电脑前看了一会儿，说忙呢小吴？小吴抬起头冲林梅笑了笑，算是回答了。

　　单位里这段时间忙得厉害，每个人的分工又都是一个萝卜一个坑，小吴实在顾不上和林梅扯闲篇。

　　林梅见大家都忙着，就回到了自己的座位上。咳嗽就是这个时候开始的。林梅轻轻地咳嗽了两声，声音很低，所以大家都没有在意，继续埋头工作。不一会儿，林梅的咳嗽声就大了起来，一声连着一声。咳嗽声很尖锐，像是从肺管里一下子窜出来的，带着痰音和哨音。大家不由得转过头来。

　　林梅，是不是感冒了？小吴关切地问了一声。

　　林梅摇了摇头，说没事儿，就是昨晚没睡好。

　　是吗？要不要去看看医生？小吴是个热心肠，他离开座位，给林梅倒了一杯热水。

　　是啊是啊，你还是去看看医生吧。大家都附和着。

　　林梅笑了笑，没事儿，真没事儿，喝点儿水就过去了。

　　大家就又开始忙起来。不一会儿，林梅的咳嗽声又响了起来。同事小王拉开了自己的抽屉，从里面拿出一盒药来，说，林梅姐，吃点儿咳嗽药吧。

　　不用不用，林梅慌乱地摆着手。

　　怎么，林梅姐，看不起我呀？小王半开玩笑半认真地说。

林梅忽然涨红了脸，她接过了小王的药。药是中药，小王说每次吃一包，首次加倍。

林梅望着两包黑乎乎的中药，迟疑着。

小王说林梅姐你平时不这样啊，今儿这是咋了？不就是两包药嘛，快吃了吧，治病要紧。

林梅只好闭了眼，把两包药倒进了嘴里。药很苦，林梅捂着胸口皱了皱眉头。

小王说好点儿了吗？

林梅说好点儿了。

小王说要不要我帮你请个假？

林梅说不用了，我真的没事儿，你忙你的吧。

一直到下班，林梅没有再咳嗽，大家的心就放下来。

中午回到家里，林梅看见丈夫正坐在沙发上看球赛。林梅说回来了？

丈夫嗯了一声，眼睛仍旧盯着屏幕。

林梅又开始咳嗽了。

见丈夫没有动静，林梅忍不住说，我咳嗽了。

丈夫说是吗？那就吃点儿药吧。

林梅一听就叫起来，吃药吃药，你们就知道让我吃药，也不问问我为什么咳嗽。

说完，林梅扯下身上那件花了整整一天时间才挑上眼的漂亮的蓝裙子，狠狠地摔在了丈夫的脸上。

时尚的原因

　　同事大李最近变化不小。我指的是穿衣打扮。大李本来是个很邋遢的女人，同事快十年了，我从来没见过她在穿戴上费过脑子。一年四季老三样，在身上倒来换去，活像一株没有生气的植物。我们曾劝过大李："没事儿多逛逛街呗。"大李总是像男人似的一甩头："那多累呀，还不如待在家里看电视呢。"我们摇头，觉得大李在女人堆儿里，也算"另类"了吧。

　　可是最近，大李真的开始脱胎换骨了，认识大李的人都这么认为。先是头发从直的变成了曲的，而且即便是外行，也能感受到那份烫工的精致，想来该是"女人发吧"的杰作。再是耳垂和颈项，原来光秃秃的地方，现在全武装上了耀眼的"黄金甲"。然后是衣裳，一改昔日的土里土气，换成了五彩斑斓，整个人宛如开屏的孔雀，一夜之间就显出了灿烂。

　　那天，实在忍不住好奇，问大李："是什么让你获得重生，学会做女人啦？"大李脸一红，说："嗨，都是我家那丫头，天天唠叨着让我变变样儿，真拿她没办法。"

　　我们面面相觑。大李那丫头叫小米，刚满十三岁，正是埋头用功的年龄，怎么会有闲心关心起老妈的穿戴来？看来里面还有内幕。无奈，再问，大李死活不交代了。

　　"李姐不会是闹了婚外恋吧？"同事小玉一脸坏坏的表情。大李听了嗤嗤笑起来，花枝乱颤："我倒是想时髦一把呢，只是这个样子，"大李指了指自己足有二尺八的水桶腰，"谁能看得上呀？"

　　"那就是姐夫发了外财啦。"小玉接着往下猜。"快甭提这个了，提起来就窝心，"大李的脸上晴转多云，"我们家那位，除了拿个死工资，剩下的本事就是跟我抢遥控器看球赛了。瞅瞅人家，都换上了大房子，可我们一家三口还挤在五十平方米的蜗牛壳里，来个客人，连个落脚的地儿都没有。跟了他，这辈子算是瞎了眼了。"

小玉吐吐舌头，不敢再问了。就这样，每天看着大李在我们眼前晃来晃去，就像看着一道"哑谜"，除了好奇，谁也揭不开谜底。

前几天晚上，大李领着宝贝丫头小米登门，说是小米该期末考试了，写了几篇应试作文，想让我给辅导一下。

大李在客厅里看着电视，我在书房给小米讲解作文。几篇都讲完，伸了个懒腰，我忽然就想起大李的那个"哑谜"来。我很想知道，小米为什么要对妈妈的穿戴指手画脚。

听完我的疑问，小米俏皮地撇撇嘴，说："你问我老妈呀？要在以前，我才懒得管这事儿呢。这不，念了初中，学校要求每个月都要开一次家长会。家长会上，我发现别的同学家长打扮得一个赛一个漂亮，可我老妈呢，灰头土脸的，整个儿一乡下老太太，害得我在同学面前颜面扫地，丢死人啦……"

举个例子给你看

男人回到家的时候，上小学的儿子正趴在书桌前做作业。

儿子看见男人，一只手支着下巴，样子很严肃地说："爸爸，我想问你一个问题。"

男人笑了，因为男人想起了一句名言：人类一思索，上帝就发笑。儿子那个样子真的很像哲学家。

"你问吧。"男人换上休闲装，轻轻地走到儿子身后，抚摩着儿子的头说。

"爸爸，什么叫胡搅蛮缠？"

男人一愣，"怎么想起问这个？"男人瞅了瞅儿子的作业本，原来是一道名词解释。男人想了想，说："胡搅蛮缠嘛……就是蛮不讲理呗。"

儿子的眉头皱了皱，显然对这个解释并不满意，"爸爸，你能不能给我举个例子？"

"例子？"男人抬起头，望着天花板，脑子里飞快地翻动着和那个词有关的记忆。过了一会儿，男人说："打个比方说，你妈妈天天回到家里，有事没事地就来翻我的公文包、衣兜，还净问一些稀奇古怪的问题，像个……怎么说呢？像个菜市场的泼妇，这就是胡搅蛮缠。"

男人的话刚说完，门就开了，女人回来了。

男人迎过去，说："回来啦？"

女人不理，女人一脸的怒气，"你说呀，接着说呀。"

男人说："说什么？"

女人说："还挺能装，当我没听见啊？你说你这人，孩子这么小，你跟孩子扯这些干什么，有意思吗？"

男人瞅了一眼孩子，压低声音说："你别急嘛，孩子想问一个名词，我不过是给他举个例子嘛。"

"例子？"女人哼了一声，"你怎么不拿你自己举例子呢，你以为你自己做的那些事多好吗？"

"我怎么啦？"男人的火气也冒了上来，声音也高了许多，"你不要没事找事好吗？别说我只是举个例子，就算不是举例子，我也没说错什么。"

女人"啧啧"两声，"翘起尾巴了吧，你是没说错什么，可你也该想想，我为什么要翻你的包？就拿昨天晚上来说，你偷偷在包里放那么多钱干什么？"

"那是我刚刚收到的稿费。"

"稿费？都吃过晚饭了怎么也不见你交给我，想拿去给谁花啊？"

"我就不能装点儿钱吗？我好歹也是个男人！"男人挥舞着手说。

"谁说不让你装钱啦？烟钱酒钱，不是每月都给你了吗？还装那么多钱干什么？你以为这个家就你一个人过的？孩子上学，房子还贷，等着我一个人攒钱啊？还有，昨晚上我还没问你呢，你衣服上的香水味儿是怎么回事？"

"什么香水味？"

"又装，"女人撇了撇嘴，"以为我鼻子是摆设啊，什么都闻不出来？"

"那……那是跟同事吃饭时沾上的。"

"吃饭？吃饭能吃出身上香水味？"女人冷笑。

"吃过饭还跳了舞。"

"跳舞？跟谁跳的舞？哪个狐狸精？好哇，我在家辛辛苦苦带孩子，你倒好，出去跟女人鬼混去，你还是个人吗？"女人扯起了高音。

"我没有，那是我们办公室的同事，她过生日，办公室里的人都去了。"男人辩解道。

"都去了？都有谁？谁能证明？你说出个电话来，我问问！"

"不跟你说了，简直是胡……"

"是不敢说了吧！心虚了吧？我这辈子造了什么孽啊，碰上你这么个没良心的！"女人一屁股坐在沙发上，嘤嘤地抹起了眼泪。

"这日子没法过啦！"男人跺了一下脚。

"想离婚了是不是？你早说呀，我成全你！你不就是在等着这一天吗？"女人的哭声大了起来。

"这可是你说的！"男人咬着牙说。

"离婚了好去找那个狐狸精鬼混？你想得倒美！有我在，你们这辈子就甭想如愿！"女人变得歇斯底里。

"你到底想干什么啊？"男人把手里的一本杂志狠狠地摔到了地板上。

"摔东西？你以为我不会？"女人顺手从茶几上抓起了电视遥控器，举了起来……

这时候，屋里响起了儿子的咯咯笑声，银铃一般，儿子一边笑一边拍着巴掌从书桌前站起来。

"你怎么啦儿子？"男人小心翼翼地问道。

"爸爸，你们举的这个例子可真生动啊，"儿子说，"我终于明白什么叫胡搅蛮缠啦。"

保守一个秘密

　　王大鹏病了，他离开酒桌回到家就觉得身体有些不适。起初，他并没有在意，以为是闹肚子，忍忍也就好了。到了傍晚，王大鹏撑不住了，肚子里像有一只手，上下左右地撕扯着，一阵阵的剧痛折腾得他喘不过气来，在一旁的妻子慌了，忙问怎么了？王大鹏指指电话，有气无力地说，快……快打120。

　　王大鹏很快就被送到了医院，一阵手忙脚乱的检查之后，值班医生走了过来，问王大鹏，是不是经常喝酒？王大鹏点了点头，自己在县里的一个要害部门任职，虽说只是个副手，可手里管的事儿不少。当然，那些要办的事儿最终敲定的场所都与酒桌有关。喝酒也是没办法，身不由己呀。

　　可是，这跟病有关吗？王大鹏不解。

　　关系大着呢。医生一脸的严肃，因为经常酗酒，所以伤到了肝，恐怕得动手术。

　　动手术？王大鹏睁大了眼睛，你是说要切除肝？

　　医生没有点头，也没有摇头，但王大鹏还是从医生的眼神里寻到了答案。王大鹏定了定神，又问，什么时候？医生说当然是越快越好。王大鹏迟疑了一下，我有一个请求，要是有人来探望，希望你们医院能为我保守秘密，不要把我的真实病情告诉别人。医生问为什么？王大鹏说，单位这段时间忙着呢，我不希望大家因为我的病分了心，耽误了工作。医生点点头，现在像你这样的领导不多见了啊。

　　医生走后，妻子不满地质问王大鹏，别人生病都是搞得惊天动地，生怕人家不知道，你凭什么要捂着盖着？我们给人家送了那么多礼，也该回回笼了。王大鹏把眼一瞪，我让你别说就不要说，整天就知道钱钱钱！妻子委屈地撇撇嘴，那要是人家问起来，我怎么说？王大鹏想了想，就说我上了火，扁桃体发炎，输几天液就没事了。妻子说跟亲戚也这么说？王大鹏说也这么说。妻子说跟儿子呢？王大鹏说都一样。妻子说这么大的病，瞒得住吗？王大鹏说能瞒多久是多久。妻子说医药费怎么办，到单位报销，人家能不知道？王大鹏说先不报，大不了我们自己掏腰包。妻子又抹起了眼泪，你真要当焦裕禄呀？王大鹏心情烦躁地摆摆手，好了好了，你先回去，让我静一静。

让王大鹏没有料到的是，第二天一早，儿子就来了。17岁的儿子一进病房，就抱怨起来，老爸，这么大的病，为什么不告诉我？王大鹏一愣，听谁说的？听我妈说的呗，儿子答道。王大鹏有点儿生气，不让她告诉别人，肚里怎么就盛不下点儿事呢？儿子的眼圈红了，爸，难道我也算别人？我就不能为您分担一点儿痛苦？王大鹏连忙安慰起了儿子。

第三天，王大鹏的哥也来了。哥放下手里鼓鼓囊囊的食品袋，唠叨个没完，老二呀，病了咋不吱一声呢？要不是侄子告诉我，我还啥也不知道呢，把哥当啥人啦？

接着是单位的领导和几个副职，拥拥挤挤地坐了一屋子。领导说，你哥和你爱人把你的情况都告诉我们了，老王，这样做可不对啊，瞒着组织，怕大家不来看你呀？呵呵。我知道你是为了工作，可身体是革命的本钱，身体养不好，拿嘴去工作啊，是不是？你的事迹我已经打电话告诉县电视台了，他们一会儿就到，对你做个专访，让大家也好好学习一下。

果然，记者们很快就来了。在王大鹏惊愕的目光里，摄影师忙前忙后地变换着角度，一位握着话筒的漂亮女记者还问了王大鹏不少问题。整个过程持续了一个上午，直到医生出面"干涉"，病房里的热闹场面才宣告收场。

人去屋空，王大鹏疲惫地躺在病床上，痛苦地闭上了眼睛。妻子进来了。王大鹏一见就歇斯底里地吼起来，谁让你告诉他们的，你脑子有病啊？妻子怯怯地望着王大鹏，说，我只是告诉了儿子，没想到……不过，这也是好事呀，电视台一报道，不正好给你树立个好形象吗？

好个屁！王大鹏狠狠地拍了一下床沿，你知道吗？再过一段时间局里要调整班子，局长外调，新局长的人选就在几个副职里产生。有关领导已经找我谈过话了，要我做好思想准备。你倒好，关键时刻变成猪脑子，把这么大个病给我捅出来。你也不想想，没有了一副好身板儿，我还能指望提拔？！

谁碰倒了多米诺骨牌

　　警察把装修工王磊带上警车的时候，王磊的嘴里还在不停地喊着："我不是故意的！我真的不是故意的！"

　　审讯室里，一个模样有点儿像周润发的警官问道："为什么杀人？"

　　王磊喃喃地说："我没想杀他。"

　　"手痒啦？当是杀猪呢？"警官厉声喝道，"说说你的动机！"

　　"我真的没想杀他。"王磊吓得浑身哆嗦，"他是雇主，我是打工的，要不是因为我女朋友，他就是再多骂我十句，我也不会头脑发热做这样的蠢事啊。"

　　"你女朋友怎么啦？"警官咄咄逼人。

　　"我也纳着闷儿呢，"王磊咽了口唾沫，嗫嚅道，"当时我正忙着给那人装修房子，我女朋友哭着来找我。她在别人家里当保姆，我以为谁欺负她了，就急了，问她：'咋啦？是不是那人耍流氓啦？'她摇摇头说：'我不想在那儿干了。'我说：'不想干就不干，我养活你。'她说：'你说得轻巧，你拿什么养活？'我就不吭声了，我没法吭呀，家里等着结婚用的房子还没钱盖呢。见我不说话，她又哭了起来，埋怨道：'你倒是说话呀，你不是挺能说的吗？怎么哑巴啦？看看人家英子，找个男朋友等于找了个依靠，我找了你有什么用？还要到处看人家的脸色，吃人家的白眼，听人家的训斥，早知道是这样，还不如当初……'她话没说完就流着泪跑了。"

　　"你女朋友是谁？"

　　"桂花。"

公安人员就找到了桂花。桂花一听说王磊的事，捂着脸呜呜地哭起来。

"为什么跟王磊吵架？"还是那个警官。

"都是因为刘秘书，"桂花哽咽着说，"中午吃饭时，刘秘书回到家，鞋也没换就坐在了沙发上，还点上了一支烟。刘秘书从来不抽烟，也不会抽烟，吸了两口，就开始不停地咳嗽。我以为他不舒服，就跑了过去，问他是不是病了，然后给他倒了杯水。谁知刘秘书刚喝了一口，就把杯子摔在地上，劈头盖脸地冲我吼起来：'你想烫死我啊？会不会当保姆？不会就卷东西滚蛋！'我当时就蒙了。当初之所以选择刘秘书家，就是因为他们一家脾气好，待人随和，在他家干了这么长时间，也确实没有受过什么委屈。可中午不知道怎么了，不就是一杯水吗，何况那杯水并不烫啊。给他倒之前，我还喝了一杯呢。"

"后来呢？"

"后来，我就去找了王磊，一见面就跟他吵了起来……警察同志，这件事真的不怨他，都怨我啊！"桂花歇斯底里地叫起来。

"带我们去见刘秘书！"警官说。

刘秘书家里。警官问："你中午骂保姆啦？"

"嗯。"刘秘书以为保姆把自己告了，紧张得不行。

"说说怎么回事儿。"

"是这样，"刘秘书哆哆嗦嗦地说，"上午一上班，我就去了局长办公室，通知局长说，上午市里有个会，要他参加。没想到他一听就急了，山洪暴发似的咆哮起来：'会会会，怎么又开会？国家三令五申，消减文山会海，可我还是得不停地开这些没用的屁会，你就不能给我安排点儿新鲜的？'我一下子就愣了，脑海里一片空白。我弄不明白自己做错了什么，让一向温和谦恭的局长发这么大的火。从局长办公室退出来，我就感觉腿有点儿飘，整整一上午，我都坐在办公桌前发呆，脑子里检索着自己这几天的言行，思来想去也找不到问题的症结。所以，我心里憋得慌，回到家，不问青红皂白，就冲保姆发起了脾气。"

"带我们去见见你们局长好吗？"警官说。

局长家里，哭声震天，一打听才知道，局长下午出事了。

局长老婆一听警察问起丈夫的事，顿足捶胸地号起来："都是我害了他啊，他昨晚半夜才回家，我以为去哪儿鬼混了，就骂了他几句。今天中午吃过饭，又逼着他到新买的房子里，盯着工人搞装修，我要是不让他去，也不会发生这样的事啊……"

到底谁是坏人

孟小毛的职业是出租车司机。他每天的工作就是开着那辆八成新的墨绿色的大众，在人口稠密的向阳小区里兜客。

车是从出租车公司租来的，为了能最大限度地从那辆车上榨取到更多的剩余价值，孟小毛和一位朋友一天二十四小时连轴转。孟小毛开的是夜车，也就是说，他的生物钟跟地球那端的美国人正好一致。

向阳小区的夜晚总是被灯红酒绿包裹着。这里有好几家夜总会，午夜里进进出出的人，让孟小毛从来没有为生意犯过愁。孟小毛每回把客人送到目的地后，他又会折回来，把车泊在任意一家夜总会前，然后打开音乐，开始静静地等。

这晚，孟小毛像往常一样，把车泊在夜总会前等客人。《月亮之上》轻快的曲调让他的心也轻快着。忽然，一个身影在车窗前停下来，拍了拍窗。

生意来了。孟小毛关上音乐，坐起身，摇下车窗。外面的人探头冲车里看了看，然后一声不响地转过身，走了。

孟小毛"嗨"了一声："空车啊，坐不坐？"

那人回过头，冲着孟小毛摆了摆手，径自朝另一辆出租车走去。

"神经病！"孟小毛在心里狠狠地骂了一句。那人是一个架着眼镜的白净男人，八成是嫌自己的车不够新呢。"德性！"孟小毛还想再骂几句，一对男女裹挟着一股淡淡的香水味儿钻进了车里。

孟小毛发动了车子，赚钱的念头让他顾不得理会那个"有病"的男人了。

10多分钟后，孟小毛再次回到了向阳小区的夜总会前，泊好车，进入等待状态。还没等把气喘匀，一个身影在车窗前停下来，拍了拍窗。

孟小毛摇下车窗，竟然又是那个白净的架着眼镜的男人！

男人也认出了孟小毛，他尴尬地冲孟小毛笑了笑，一声不响，转身就走。

孟小毛急了，他推开车门，堵到了男人面前："嗨，你到底是不是想打车？"

男人愣了一下，点了点头。

"那你为什么光看不坐？"孟小毛的语气里透着生冷。

"我……"男人似乎有点儿犹豫，"我想找辆女司机开的车。"

"女司机？"孟小毛心头一紧。市里上个月刚刚发生一起抢劫并杀害女出租车司机案件，凶手至今逍遥法外，莫非？

孟小毛打了个寒战，他迅速钻回车里，摸出了手机。

不一会儿，一辆警车呼啸着驶进了向阳小区。两个警察在孟小毛的引领下，来到了还在寻找目标的男人面前。

"请问，你是干什么的？"出示过证件后，身材稍胖的警察问男人。

男人瞅瞅警察，又瞅瞅警察身后的孟小毛，旋即便明白是怎么回事了。他从上衣口袋里掏出自己的证件，解释说："我是30中的老师。那是我妻子。"他的手指指向不远处台阶上坐着的一位端庄的女人。

警察走到女人面前，证实了男人的话后，他不解地问："为什么非要乘坐女司机开的车？"

"噢，是这样，"女人偎到男人身边，用略带沙哑的嗓音说，"半个多小时前，我接到老家的电话，说是我妈病了，很重。我得马上赶回去。老家离这儿八十多公里，天又这么晚，本来要他陪我回去的，可是，女儿明天要到省里参加一场很重要的比赛，他必须跟着。没办法，我就让他找辆女司机开的车——报上不是常说有出租车司机抢劫乘客的事嘛，我想，这样也好安全一些。"

　　两个警察对视一眼，摇摇头，笑了。身材稍胖的警察回过身，看着孟小毛说："要不，你送她？"

　　孟小毛机械地点了点头。灯红酒绿的夜色里，没有人发现，孟小毛的脸通红着，半天都没有恢复过来。

生日礼物

丈夫下班的时候，妻子正蹲在房子前面的绿地上修剪草坪。时候正是初夏的中午，有金色的阳光在翠绿的草叶上滚动着，泛着温柔的光。

妻子身上套着一件蓝布工装，手里握着一把园丁剪刀，很认真地忙活着。草坪面积不大，修剪工作很快就接近了尾声。丈夫拖沓的脚步声在妻子身后停下来，“昨天不是刚剪过吗？怎么又剪？”妻子笑笑，抬起手背抹了一把脸上的汗，说：“马上就好。”

自从妻子下岗后，待在家里百无聊赖的，就想起了这么一个打发时间的方式，买来一把园丁剪，天天学着修剪草坪。

妻子剪完最后一块草地，拍拍身上的草屑后站起来牵着丈夫的胳膊进了屋。午饭已经摆在桌上了，很丰盛，几个盘子里还袅袅地冒着热气，一条红烧鱼的香气在屋子里弥漫着。丈夫抽了抽鼻子，“好香。”然后他像个孩子似的偎在了桌子边，伸手便去捏了一块肉，丢到嘴里。

“洗手。”妻子说，一边脱下身上的工装，端了一盆水过来。丈夫听话地在妻子的注视下洗了手，和妻子一起坐在了桌边。丈夫看来是饿极了，一副很狼狈的吃相，这让妻子在一边嗤嗤地笑。忽然，妻子想起了什么似的说：“明天我们怎么过啊？”丈夫没有抬头，嘴里仍旧嚼着一块鱼肉。“问你话呢！”妻子又说。丈夫“嗯”了一声，“什么怎么过？想怎么过就怎么过呗。”“可是，”妻子说，“明天……不是个一般的日子啊。”“明天？”丈夫歪着头想了一会儿，“好像不是什么节日啊。”

妻子噘起了嘴，脸上的笑捉迷藏似的躲了起来，“你再想想。”丈夫皱着眉头，像是考场上遇到了难题的学生，"情人节好像早已经过了啊，结婚纪念日也在年底。"丈夫自言自语着。妻子放下了手中的筷子，声音响响的，看起来像是有点儿生气了。

"你告诉我吧老婆。"丈夫一脸无辜的样子。妻子彻底放弃了诱导的念头说："明天是我的生日。""噢！"丈夫拍了拍脑袋，"你看我的记性，都忙糊涂了。不错，是你的生日，5月21日，521——我爱你，嘿嘿。"丈夫笑起来，妻子也跟着笑起来。

"你会送我礼物吗？"妻子有些羞怯地问。"当然。"丈夫答得很干脆。妻子脸上的笑绽放开来，她伸出两只手，在丈夫面前来回地翻弄着，"你看看我的手。"妻子说。

妻子的两只手上光光的，什么也没戴。没下岗的时候，妻子在一家工厂上班，两只手每天和那些瓶瓶罐罐打交道，也就没有戴饰品的心思，后来下了岗，是舍不得买了。两天前，妻子去邻居家串门，那个同样在家当全职太太的女人，在她面前不停地晃着两只手，那两只手上戴着四只戒指，这让她的心多少有点儿羡慕。

丈夫捏着妻子的手看了看，"辛苦了。"他说。妻子心里暖暖的，她要的就是丈夫这句话。

第二天，丈夫很早就回来了，手里拎着一只漂亮的盒子。餐桌上已经摆上了蛋糕，蛋糕上插着花花绿绿的蜡烛，很诗意地摆成心形的图案。"回来啦？"妻子说。"回来啦。"丈夫应着，把礼物放在了蛋糕旁。妻子飞快地在包着塑料袋的礼物上扫了一眼，很精美的包装，盒子也不小，应该是手镯吧？妻子的心小鹿似的跳。

"在哪儿买的？"妻子忍不住问。"跑了好几个地方呢，"丈夫说，"最后才在华联大厦里找到，样式挺不错。""是吗？"妻子感激地望着丈夫，"什么颜色？""墨绿色。"丈夫说。丈夫还记得她喜欢的颜色，妻子的心里如春水般荡漾。

　　"闭上眼睛，打开它，看看喜不喜欢？"丈夫似笑非笑地盯着妻子的脸。妻子的脸上飘过一片红晕，她很顺从地闭上眼睛，两只手摸索着打开了盒子，她摸到了一团软软的东西，"这是什么？"妻子睁开了眼睛，然后，她看见了丈夫买给她的礼物——一双很漂亮的墨绿色的园丁手套，牌子很响的那种。

平安夜的礼物

在圣诞节的前一天，我带着儿子去书店看书。在书店门前的那条街上，我看见一个女孩，十八九岁的样子，她手里捧着一个纸盒，站在街边乞讨，每走过一个行人，女孩都赔着笑脸迎上去，伸出纸盒乞讨。

我自觉不是一个冷漠的人，却一向对这种公然的乞讨生不出同情心来，何况她还是一个身体健康的年轻人。我面无表情地想从女孩旁边绕过去，不想女孩早已经注意到我了。她快步走到我面前说："先生您好，可以给我一毛钱吗？"

"装得倒挺真诚，哼。"我在心里冷冷地想，没有理睬女孩的话，继续往前走。女孩不依不饶地追上来，恳求道："先生，发发善心吧，我只要一毛钱。"

我厌恶地瞪了她一眼，还想再回绝。儿子在一旁说："爸爸，给姐姐一毛钱吧，也许她饿了呢。"

望望儿子无邪的眼神，我的心软了下来，我默默地从口袋里掏出一枚一毛钱的硬币，丢进了那个纸盒里。女孩鞠了一躬说："谢谢您了。"却依旧没有放过我的意思，一只手从口袋里掏出纸和笔，接着问道："先生贵姓？"

我狐疑地看了她一眼，心想，哪有讨钱还问人家姓什么的？莫不是还想问问姓名和住址，来个长期跟踪？女孩也看出了我的疑虑，笑着说："先生放心，我只是问问您的姓，没有别的意思。"想想也是，一个女孩还能把我怎么着。于是，随口把姓告诉了她，然后头也不回地拉着儿子进了书店，只留下女孩在那里一迭声地道谢。

书店里的人不是很多，我陪着儿子在儿童专柜美美地看了一下午童话，等到我们迈出书店大门的时候，天已经有些黑了。我们走到街上，我又看见了那个女孩，她还在不断地拦着行人。每当有人往纸盒里投钱时，女孩就开始重复一个动作，掏出纸和笔，询问人家"先生贵姓"。这让我对女孩产生了好奇，我拉着儿子站在一边，想看看她做这些到底是为什么。半个小时后，女孩开始低下头数盒子里的钱，数完了，长长地舒了口气，脸上露出难得的笑容。然后，女孩抓着那把零钱，穿过大街朝一个水果店走去。那是一家进口水果专卖店，卖的水果都很昂贵。我站在店外，看着女孩把一大把硬币交到店主手里，弯下腰在果架上认真地挑选着。最后，女孩选中了一枚又大又红的蛇果。

拿着蛇果，女孩又拐进了不远处的一家米粉店，看来要去吃晚餐了。我摇了摇头，心里生出莫名的恼怒来，是善心平白地遭人愚弄的恼怒。我跟进了那家米粉店，想问问那个女孩，她每天都是这么潇洒地过日子的吗？可是，当我站在女孩的面前时，却愣住了。女孩正蹲在一个男孩的身边，男孩躺在一张白色的单人床上，眼睛紧盯着女孩的手。女孩的手里拿着那枚蛇果，蛇果的皮已经削好了一半。

看见我进来，女孩站了起来，"是您啊？"女孩的脸上是感激的笑，"您是来吃米粉的吗？我妈妈做的米粉可好吃了，今天免费让您吃个够。"

女孩喊着她的母亲，很快，两碗米粉就摆在了我和儿子面前。我疑惑地盯着女孩的脸，问道："这店是你家开的？"

"是啊，"女孩说，"老板是我妈妈，我是打工的。"

"那……"我望向床上躺着的男孩，又把目光落在了女孩手中的那枚蛇果上。

"哦，"女孩扬了扬那枚蛇果，"您是想问我为什么乞讨吧？"女孩指了指那个男孩，"他是我哥，他在夏天的时候得了一场怪病，吃了好多药，怎么也看不好。前几天，我在网上听人说，在一个人本命年的平安夜里，向二十四个不同姓氏的人分别讨要一角钱，然后买上一个水果，他吃了就会平安的。哥今年刚好二十四岁，今晚又是平安夜，虽然知道这不过是个美丽的谎言，可我还是想试试，也算是送给哥的一份祝福吧。"

女孩把一张纸递到我的手里。我看到，纸上工工整整地记着二十四个不同的姓氏，其中也包括我的。

在我看那张纸的时候，女孩已经把手中的蛇果削好了，把它轻轻地递到男孩的嘴边。接着，我就听到了男孩香甜的咀嚼声。

那一刻，我忽然鼻子一酸，有了想流泪的冲动，为这个女孩，和她乞讨来的那份平安夜的礼物。

我想去当兵

　　大林的儿子小虎高中毕业没有考上大学，大林想让儿子去复读，小虎说啥也不愿意，小虎说他一拿起书本就头疼。要说小虎人挺机灵，五官长得也端正，就是不喜欢念书。大林就问小虎想干啥。小虎说想当兵。大林一寻思，觉得当兵也是条出路，就同意了。

　　接下来大林就开始为这事忙乎。大林先找到乡武装部，乡武装部说先要村里出个介绍信，大林就去找村长了。村长正蜷在墙根儿下晒太阳，一边剔牙一边听大林说着介绍信的事。大林说完后，村长就一副喜笑颜开的样子。村长说好呀，想当兵好呀，改天我就给你出个介绍信。大林一听很高兴，心想都说村长人不咋地，现在看来不是这回事儿嘛，村长答应得蛮爽快哩。

　　大林等了几天，没见村长有啥动静，大林又去找村长。这回村长正扛着锄头从家里出来，村长听大林提起介绍信的事，就拍拍脑袋说，你看我这两天挺忙的，等我忙乎完了就给你办好。大林说不急不急，村长你先忙你的。村长就扛着锄头晃晃悠悠地走了。

　　过了两天，大林心想村长地里的活儿也该忙得差不多了，就又去找村长。村长正跟人在村委会整理大喇叭。大林一见村长，他还没有说话，村长就跟大林说，还是开介绍信的事吧？大林说是啊是啊，村长你还记得？村长说我咋会忘哩，只是现在村委会的公章不在我手里，乡长让拿到乡里，他说是有事用，看来你还得等几天。大林心里就有些急，大林说村长，要不我们直接到乡里盖个章得了，这事怕是拖不得的。村长说你看我比你还急哩，要不我先打个电话到乡里问一问？说完村长就进了电话间，大林听见村长在里面说话的声音，心里踏实了点儿。一会村长从屋里走出来，说不巧呀大林，乡里人说乡长这几天到县里开会去了，怕是要等几天才能回来。

大林没有辙，只好垂头丧气地回到了家里。老婆见了大林就唠叨起来，老婆说我早告诉你去给他送点儿礼送点儿礼，你就是不听哩。大林说你懂个屁，让他盖个章又不是出力落汗，还送个什么礼？再说就是送礼，你拿啥送哩？家里买化肥的钱还是借的哩。

老婆一听不吭声了，躲在一边开始掉泪。大林心里烦烦的，窝在院子里唉声叹气。儿子小虎说不行咱找他讲理去。大林说讲啥理？他又没说不给咱盖章，去了反倒扯破了脸皮。

又过了几天，大林又去村委会找村长，在村委会门口，大林瞅见儿子小虎和一个闺女勾着手在那聊天，看样子俩人还挺亲近的。大林揉了揉眼，看清那个闺女是村长家的三丫头，大林脸上腾腾地发烧，在心里恨恨地骂了儿子一句，扭头就往家走。

晚上吃饭的时候，大林问儿子，你白天跟村长家的三丫头扯着手干啥哩？给你爹妈丢脸哩？小虎说我没扯她的手，是她扯我哩。大林说谁扯谁都不中，再说她是村长家的闺女，能嫁你？小虎说村长家闺女咋了，不是想当兵我还不让她扯哩。大林问你说啥，你小兔崽子说啥，当兵跟扯手有啥关系？小虎说你不懂，反正这两天他得给我盖章。

小虎说完这话没两天，村长就跑到大林家里。村长掏出盖着大红印章的介绍信跟大林说，你看你看，这几天光顾忙了，没耽误孩子的事吧？大林掐了掐自己的大腿，感觉不像是在做梦。大林就很感激地跟村长说，村长你让我过去就中了，你咋还亲自拿过来了？村长说应该的，孩子能当兵也是咱村的光荣哩。

送走村长，大林心里像是喝了蜜，拿着介绍信就想去找儿子，低头的工夫，大林瞅见地上有一个打火机，大林想自己也不抽烟，八成是村长落下来的。大林捡起打火机就去追村长，追到一个拐角的时候，大林听见村长说话的声音。村长正恶声恶气地训着闺女，啥样的人家你不能找非要找那个穷小子，他家里有啥？他是癞蛤蟆想吃天鹅肉哩。哼，我趁早让那穷小子滚得远远的，看你能咋地。